KB139047

어느 날의 우리가

여느 날의 우리에게

일천칠백여든세 날의 연애편지

어느 날의 우리가 여느 날의 우리에게

ⓒ 2018 문현기

1판 1쇄 발행 2018년 5월 31일
1판 2쇄 발행 2018년 6월 27일

지은이 문현기
펴낸이 유경민 노종한
기획마케팅 우현권
기획편집 나지은 이현정
책임편집 나지은
디자인 남다희
펴낸곳 유노북스
등록번호 제2015-000010호
주소 서울시 마포구 양화로15안길 3, 2층
전화 02-323-7763 **팩스** 02-323-7764 **이메일** uknowbooks@naver.com

ISBN 979-11-86665-99-2 (03810)
값 13,000원

•— 이 도서의 국립중앙도서관 출판예정도서목록(CIP)은
서지정보유통지원시스템 홈페이지(http://seoji.nl.go.kr)와
국가자료공동목록시스템(http://www.nl.go.kr/kolisnet)에서
이용하실 수 있습니다.(CIP제어번호: CIP2018015326)

일천칠백여든세 날의
연애편지

문현기 지음

어
느
날
의
우
리
가

여
느
날
의
우
리
에
게

유노
북스

기억하나요?

당신과 내가 마주할 때마다
시공간이 정지했던 순간들.

순간과 순간이 모이고 모이면
우리는 영원을 꿈꿀 수 있지 않을까요?

처음 손잡은 그날에서부터
다시 시작하려고 합니다.

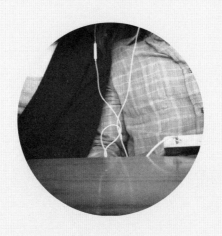

처음 만난 순간부터 오늘까지
당신에게 반하지 않은 날이 없었습니다.

사랑합니다.

어느 날의 우리는 여느 날의 우리가 되었다

처음 만난 2012년의 겨울, 혹독한 계절을 보내던 아내에게 세상에 변하지 않는 것이 있다는 걸 알리고 싶어 처음으로 편지 쓴 날을 기억한다. 시간이라는 활자로 눌러쓴 편지는 책의 두께만큼 쌓였다.
그렇게 하나의 사랑이 시작부터 결실까지 무르익어 가는 과정을 담은 긴 서사가 되었다.

평범한 사람이 사랑하는 사람에게 쓴 편지를 모았다. 서툴지언정 단 한 통도 가벼이 생각한 적은 없다. 쓴 이가 있다면, 읽어 주는 이도 있다. 어느 쪽이든 한쪽이 빠져 있었다면 편지는 쓰이지도, 읽히지도 않았을 것이다.
사랑도 마찬가지라고 생각한다. 비워짐에서 비롯되어 채워짐으로 마무리되는 것이라고. 그래서 결국은 같이 쓴 편지라고, 지금에 와서 되돌아본다.

편지 속에는 처음 만났을 때부터 결혼하고 나서까지 5년
이 고스란히 들었다. 만나고, 싸우고, 두근대는 마음으로
여행을 떠나고, 수줍음으로 입 맞추던, 날들. 함께해 온 순
간순간은 이제 하루하루가 되었다. 마치, 어느 날에 만난
우리가 여느 날을 같이하는 우리가 된 것처럼.
이 이야기를 만나는 동안에는 그저, 모두가 사랑하는 사
람을 한번 떠올려 보았으면 좋겠다. 사랑하는 인생만큼
자연스러운 것도 없으니까.

내가 그랬듯, 그리고 우리가 그랬듯,
지금 한 통의 편지를 쓰는 당신에게.
어느 날의 우리가, 여느 날의 우리에게.

문현기

contents

어느 날의 우리가
여느 날의 우리에게

첫해

처음 만난 그때

편지를 써야지 하고 생각하고 서랍 속을 뒤적이는데 한 장 편지지가 나오지 않아서 편의점까지 다녀왔네, 시작부터 험난한 나의 첫 편지네요.

'편지 쓰기'에 대해 생각해 봐요.

이 순간에도 당신을 그리워하면서, 손에 닿는 전화기나 메신저 대신 있지도 않은 펜과 종이, 서투른 필력을 동원해서 당신에게 가장 늦게 닿는 소통 방식을 선택하는 이유가 뭘까요?

편지의 즐거움은 시간의 차이에서 오는 재해석에 있다고 생각해요. 쓰인 '내'가 '너'에 의해 읽히며 새로운 세계가 열리는. 아무쪼록, 앞으로 - 운이 좋아 내가 부지런한 사람이 된다면 - 받아 보는 모든 편지를 당신만의 방식으로 즐겨 주기를.

너와 나는 각자 다른 이의 별을 맴돌던 행성, 그 이탈로 하여금 우리라는 별이 태어나 남들과 같은 공전을 시작했으나 지금 내가 느끼는 행복은 전의 것들과 전혀 다르다고 확신하고, 새롭고, 색채로 가득 차 있답니다.

전에 당신이 내게 말했죠. 세상을 위해 재능 기부를 많이 하는 사람이 되고 싶다고. 당신이 보여 주는 그 모든 '반응'들은 나를 더 빛나는 삶으로 인도합니다.

적어도 당신은 이미 하나의 세상은 구하고 있어요. 고맙습니다.

지금 나를 둘러싸고 있는 이 빛이 너무 찬연해서, 공들여 써야 하는 첫 편지가 두서없는 애정 공세로 가득해지고 있는 것 같네요.

또 만나요. 건강하고 현명한 모습으로. 그리고 열정으로.

동굴 속에서
지새우는 밤처럼

좁은 차 안에 밤의 경계를 나눠 밤 속의 밤을 만들고, 가로등 빛 부서지는 밤하늘 아래 각자의 은밀한 밤을 나누는 부드러운 밤.

편지 한 장으로는 재연할 수 없는.

그 밤의 음악과 달빛, 히터의 온기가 차창에 그리는 겨울의 무늬, 무한한 이야기, 이야기가 2평짜리 차 안에 녹아들었던.

그렇게, 계획한 바 없이도 완벽한 밤이 가끔은 선물처럼 찾아오는 건가 봐요.

준비했던 말들, 하려 했던 것들 잊어버린 채로 마음이 이끄는 대로.

극장

에서

백 마디 말보다 더 많은 감상을 나누면서 우리는, 영화를 조명 삼아 영화 속의 영화映畫를 만들었네.

삶에서 누릴 수 있는 값진 영화靈化였어요. 추운 겨울에 빛나는 영화英華이기도 했지요.

이것이 내 생에 가장 빛나는 한 장면이라면, 이 순간을 붙잡아 두어야 할지, 흘러가는 대로 두어야 할지.

밤의 영사기여, 부디 계속해서 필름을 돌리기를.

또 만나요, 세상에 둘만 남은 것처럼, 우리 둘의 중심에서.

좋았던 하루와
감상

마트에서 능숙하게 재료를 고르는,

당신의 뒷모습을 바라보는,

플라스틱 바구니를 들고 있는,

나는,

평소 당신이 홀로 장을 보고 식사할 모습을 그리며 약간

의 쓸쓸한 감상을 받았어요.

잘하고
있어요

당신의 고민하는 얼굴이 귀여워요. 고민이 휘발되기 전에 자기 발전의 기회로 삼는 당신의 고민하는 방법은 세련되고, 우아해요. 고민을 공유하는 데에 익숙하지 않은 걸 알기에, 나에게 나눠 준 고민도 고마워요.

당신에게 내가 하고 싶은 말은 "잘하고 있어요. 계속 나아가세요."입니다. 당신이 '가재'이고 내가 '게'라서 하는 빈말이 아니에요.

행복으로
불룩

행복이라는 말이 갖는 무게와, 그 말의 적절한 쓰임새를
모르는 마음 헤픈 나는, 보통 오늘과 같은 때에 그 말을
떠올리곤 합니다.

당신의 눈빛, 끝없는 대화에서 나 같은 사람은 불쑥 다가
온 과분함에 몸 둘 바를 모르고, 의도한 바 없는 감정의
영역으로 흘러내리지요.

두 개의 손이 포개져 있는 외투의 왼쪽 주머니.

간절함과 행복으로 불룩한.

바쁜 회사에서
깜박깜박
당신 생각

금요일 밤이 되면 더 자주 깜박거리고, 다음 날은 나의 하루가 온전히 당신 것이, 당신의 하루가 오롯이 나의 것이 됩니다.

그리고, 오늘같이 편지를 쓰는 일요일이면 눈을 감고 지난날의 잔향을 음미해 보지요.

아직도 내가 어떻게 당신 마음의 동의를 구했는지 모르겠네요. 사람들이 관계에서 희망을 발견하는 순간은 서로가 공존하는 미래와 사랑의 꿈을 꾸는 순간이 아닌가 하고 생각해 봐요.

나의 마음이 어디에서 나왔는지는 모르지만, 늘 당신에게 가고 있는 중이라는 건 알고 있어요.

당신의 마음은 어디쯤 와 있나요?

너와 나는

각자 다른 이의 별을

맴돌던 행성, 그 이탈로 하여금

우리라는 별이 태어나 남들과 같은 공전을

시작했으나 지금 내가 느끼는 행복은 전의 것들과

전혀 다르다고 확신하고, 새롭고, 색채로 가득 차 있답니다.

처음 만난
그때

당신은 본인도 모를 무언가로 슬퍼 보였고 이 만남 자체
가 부담이 되지 않을까 하는 생각을 했어요.

그리고 우리는 만나서 많은 걸 함께하고 있는데, 그중 하
나일 수도 있고 두 개일 수도 있고 아니면 그 모든 일련의
행동이 비밀번호처럼 정확한 간격과 순서대로 이뤄져 행
복의 금고가 활짝 열린 것일 수도 있고.

당신도 모를 당신의 감정을, 우리도 모를 우리의 방법으
로 해결한 것 같아 기분이 좋네요.

당신의 말처럼 우리도 '누군가와의 이별을 통해' 여기서
만난 거라곤 하지만, 그렇게 생각하지 않을래요. 정해진
길에서 맞닥뜨린 것처럼, 운명처럼 우리는 만난 거라고
해 둘게요.

아픔을 미리 그려 보는 보험에 들기보다는, 당신과 나 사
이의 행복을 믿어요. 그래 왔기 때문에 그럴 것이다, 라는

아픔의 귀납보다는, 우리의 특별함을 가설로 사랑의 증거를 찾아내고 싶어요.
근거가 필요 없는 확신으로.

괜히 불러
꽃이 되는 게
아니니까

기분 좋은 생일, 내가 받은 것은 맛있는 식사와 와인, 그리고 멋진 시계, 그보다 소중한 당신의 마음이었어요.

작년에 내가 당신에게 갈구했던 것들, 당신이 나에게 느꼈을 불확실한 것들, 그래서 내가 안타까워했던 것들, 그럼에도 당신이 나에게 보여 준 확실한 것들, 그 모든 것들이 '우리'라는 이름이 되지 못했으면 이 세상에 태어나지 못했을 소중한 이야기임에 감사하는 마음이에요.

시간에 의해 퇴색하는 감정에 대해 걱정하는 것을 잘 알고 있어요.

선물 받은 시계를 들여다봐요. 희미하게 떨리는 시곗바늘이 언젠가는 모든 게 멈출 수 있다고 경고하는 듯해요.

누가 알겠어요. 그럼에도 불구하고, 시간의 모래는 숫자를 풍화시키고 이름의 향기는 세월로 진해지는 것을 나는 알고 있으니까. 괜히 불러 꽃이 되는 것이 아니니까.

그 모든 게 당신과 나의 이름이라면 이겨 낼 수 있다고,
믿어요.

가평에
다녀온 날

만개하지 않은 수목원에서, 서로의 꽃에 물을 준 우리.
꽃의 향기는 빛으로부터 우러나오지요.
우리도 오래도록 서로를 쬐면 서로에게서 사랑스러운 향
기를 느낄 수 있지 않을까요?

지구에 은근한 봄 향기 한 방울 떨어진 날.

별이 촘촘히 박힌 밤하늘, 흘려보내지 않도록 시간을 꽉
움켜잡을 수만 있다면.

찰나의 이별도
아쉬운

서로에게 충만한 주말을 보내고도 허전한 마음이 드는 건
온종일을 나눠도 부족한 시간, 다가올 주말을 기다리지
못할 만큼의 애정 등등이겠지요.
못다 한 말과 마음, 못다 쓴 기록과 계획들, 우리의 만남
은 늘 못다 해서 아쉽고, 아쉬워서 간절해집니다.
아쉬운 마음을 나눠 먹은 밥, 나눠 본 영화, 나눠 한 말과
나눈 사랑으로 갈음하려고 해요.
찰나의 이별도 아쉬운 이, 별, 빛나는 당신을 마주할 때
나에게도 빛남이 있음을 발견해요.
또 만나요, 빈칸을 채우는 마음으로.

밤공기는
잘못한 게
없으니까

퇴근길, 같은 길을 한 시간이나 맴돌며
전화기 붙잡은 얼어붙는 손.
물음표가 느낌표로 바뀌는 순간까지.
콧물 훌쩍이는 검은 잠바는
행복이라는 감정의 무게에 눌려
그치지 않는 미소.

그래,

밤공기는 잘못한 게
없으니까.

마침내 공개한 연애 사실에 두 마리 토끼를 다 잡은 하루
인 듯해서 기분이 좋았어요.

사람들 속에서도 우리가 마음으로 만든 성은 그 안팎이
일관되었고 그 안에서 아늑함을 느끼며 사람들 속으로 나
아갔으니 나는 그저 앞으로도 당신의 손을 꼭 잡고 있어
야겠구나, 라고, 되뇌었던 날이었지요.

어느 노래 가사처럼, 당신 있는 것만으로도 마음이 강해
지는 기분.

그래서인지 오늘따라 찰나의 작별이 더없이 아쉬웠어요.

또 만나요, 기대와 약속과 사랑으로.

'버리는 과정'의
소중함

내가 아는 당신은 한 번도 나를 피한 적이 없는데, 그런 당신이 스스로의 문을 닫을 정도였다면 순간의 고단함이 얼마나 컸던 걸까.

걱정이 많다는 건, 걱정이 많은 삶이라는 뜻이겠지요.

예전에 외국어를 배울 때 느낀 건데, 외국어를 공부하는 건 '버리는 과정'과 같았어요. 스스로 갖고 있는 복잡한 생각을 덜고 또 덜어 내면 그럴듯한 문장이 되지요.

어려운 문장 하나보다 쉬운 문장 열 개가 더 쓸모 있었어요. 복잡한 생각은 나를 만족시키지만 쉬운 생각은 모두를 만족시켰으니까.

'버림'의 소중함을 생각해 봤으면 해요. 지금도 당신은 충분하니까.

삶은 가끔
삶보다
극적이지요

당신이 없던 시대는 살 만했는데, 살 만해서 그냥 살아가기만 했다는 것 외에는 기억나지 않는 밋밋한 세계였지요. 그리곤 당신을 만났고, 당신이 없는 시대가 다시 찾아온다면. 이젠 모든 게 전과 같지 않을 거라는 건 잘 알아요. 늘 곁에서 예쁜 미소 보여 주기를.

삶은 가끔 삶보다 극적이지요. 당신은 내게 영화이자, 드라마이자, 노래 가사이자, 한 편의 소설과 같아요. 색채를 가져다주니까.

보고 싶어요, 내 사랑.

당신에 취해
노곤한
오늘

비 오는 창밖의 거리가 와인 빛으로 물들 때, 우리는 잔을 내려놓고 시간에 취하여 포개진 입술로 포도 향을 나누며 무르익어 갔지요. 함께 밤을 빚은 듯해요. 당신이 미치는 영향에 가끔은 내가 미치는 기분이 들 정도로.

당신의 특별함을 아는 사람이 또 있을까요? 이 밤처럼, 나만 알고 있었으면.

상기된 얼굴과 무언가 말하는 듯한 눈을 보고 있으면, 별다른 해프닝 없이도 정말 특별한 시간을 보내고 있는 듯한 기분이 들어요.

당신에 취해 노곤한 일요일에 편지를 써요.

또 만나요, 달콤한 마음으로.

일상이
아득하게
느껴질 때

눈 내리는 날, 처음 마주 잡은 두 손에 어느덧 여름의 태양이 내리쬐고 있어요. 모든 게 시간이 지나면 변하기 마련인데. 우리의 감정은 시간의 굴레를 벗어나 있는 것인지.

당신은 어떠했나요? 내 어깨에 기댈 때, 입을 맞출 때, 심장의 고동 소리가 당신에게 닿고 있는지.

편지를 쓰며 따뜻한 마음의 마중물을 채울 때, 돌려드리는 마음이 당신에게 배달이 잘되고 있는지 궁금하네요.

내가 좋아하는 당신.

일상이 아득하게 느껴질 때면, 오늘 같은 따스한 일상을 기억해 주세요.

또 만나요, 채우고 싶은, 채워 주고 싶은 마음으로.

당연해서
기억할 필요가
없는 거고

친구들과 술자리에서, 애인들에 대한 이야기가 나왔는데
나는 요즘 어떠냐는 질문에, 딱히 대답을 하지 못했어요.
"아직도 나는 당신을 만난 게 꿈만 같아. 곁에 없으면 그
립고, 곁에 있으면 시간이 흘러가는 게 아쉽고.
다시금 안녕의 시간이 찾아오면 다음을 기다리는 희망과
당장의 좌절이 뒤섞이는 복합적인 감정이라서 만날 때마
다 여러 가지 감정 변화에 대해 떠올려 보고 미리 준비해
야 돼. 그러지 않으면 스스로의 감정에 매몰될 때가 있으
니까.
방정식처럼 나는, 무언가를 할 때 당신이 곁에 있다는 가
정을 해 봐. 그러면 필요할 것이 무언지, 좋아할 것이 무
언지는 자연스레 나오는 거니까. 굳이 내가 무얼 해 준 것
이 아니라, 내 관념 속에 있으면 저절로 나오는 거지. 그
러니 당연한 거고. 당연해서 기억할 필요가 없는 것이고."

가 하고 싶은 말이었는데, 이 말이 떠오르질 않았어요.
지난 새벽의 키스를 떠올려 봐요. 부드러운 입술, 상냥한
마음, 기억보다 희미한 한 주의 기록으로 남겨 봅니다.

눈앞은 흐릿,

먼 당신은

선명

마음에 푸른 물이 들 만큼 싱그러운 계절.

두 번의 계절, 180여 일간의 시간에서 똑같은 당신은 한 번도 없었음을. 우리의 만남은 생각보다 앞선 마음이 이끄는 대로 움직이는 것.

당신이라는 유원지에서 솜사탕 같은 꿈을 꾼 지 두 시간이 지났지요. 안경알을 닦고, 다시 들여다보아도 내가 지독한 원시라서 그런 건지, 눈앞의 세상은 흐릿한데 먼 데에 있는 당신만은 선명한.

곱게 빚은 한 잔의 하루에 감사하는 마음이에요.

한 치의 의심도 없을, 하나의 마음.

나는
당신의 전문가

내가 바라는 삶의 유형이 있다면, 삶에서 스쳐 가는 것들을 허투루 흘려보내지 않고, 숨은 의미를 발견하는 인생의 달인이 되었으면 해요.
특히 그중에서도 당신과 나의 인생의 데이터를 예쁜 파일에 잘 꽂아 놓고 깔끔하게 태그까지 붙여서 차곡차곡 정리하는, 당신의 전문가가 되면 좋겠어요.

오늘 밤하늘이 정말 맑은 게, 평소에 보이지도 않는 별도 보이고, 예전에 즐겨 봤던 밥 아저씨의 그림 그리기처럼 하늘 색은 프러시안블루에 반다이크브라운을 쓱싹쓱싹 어때요 참 쉽죠 하는 느낌이네요.

테트리스 좋아하나요? 그 게임에서 제일 중요한 건 긴 막대기잖아요. 가뭄의 단비처럼 하나씩 하늘에서 내려오는, 가늘고 긴 빨간 막대기. 문득, 당신이 그런 존재라는 생각이 들었어요. 수습 안 되는 한 주가 당신으로 인해 말끔하게 정리되는 느낌이랄까.

다사다난한 날들에 당신의 목소리가 내려오면 만남에 대한 기대가 삶을 밀어 주고, 주말에 당신을 만나 복잡했던 것들이 사랑이라는 이름으로 정돈되면 나는 또 한 주를 나아갈 용기를 충전하지요.

늘 내 손을 잡아 줘요. 우둔한 인간이라 항상 맞는 방향으로 가는 건 아니더라도, 그 손을 놓는 일은 없답니다.

매주 내게 영감을 주는 당신, 또 만나요.

나는
길 한가운데에
서 있어요

나는 길 한가운데에 서 있어요.

당신을 내 차에 태우러 가는 길. 눈을 뜨자마자 당신을 생각하는 일. 길이 멀다고 느껴지지요. 늘 함께 지내고 이 길을 같이 바라본다면 갈증의 주기가 줄어들까요, 아니면 매일 집에 오는 길까지의 갈증이 잦아질까요.

그리고 오늘. 나는 다시 길 한가운데에 서 있어요. 당신을 데려다주고 내 차로 돌아가는 길.

눈을 감을 때까지 당신을 생각하는 일. 한 주의 마감에는 설렘만큼 공허함이 자리 잡지요. 다음 주에도 당신이 있을 것을 알면서도, 순간의 공백이 영원처럼 느껴짐을 주체할 수 없는 시간.

당신과의 이틀에 비치는 내 감정의 스펙트럼이 얼마나 넓은지, 당신은 아나요?

가끔 건네는 늘 함께하고 싶다는 말의 이유는 정말 간단

한데. 늘 행복하고 싶기 때문이에요.

또 만나요, 확신 속에서. 기대의 반복 속에서.

당신과의
이틀에 비치는
내 감정의 스펙트럼이
얼마나 넓은지,

당신은 아나요?

'조금' 만나면
'더 많이' 만나고
싶어져

You are the sunshine of my life.
That's why I'll always be around.

〈you are the sunshine of my life〉의 가사가 떠올라요.
집에 오는 길에 하루를 되돌아보며 서울 시내를 빙빙 돌
며 당신과 놀러 다니는 내 모습이, 결국 당신의 원심력에
서 벗어나지 못했던 것이 아닌가 하고 생각했어요.
글쎄, '조금' 만나면 '더 많이' 만나고 싶어지고, '더 많이'
만나니까 '계속' 만나고 싶어지는 게, 바라는 것도 참 많
다고 생각할 건가요, 당신.
마음의 만유인력으로 다시 당신 곁으로 갈게요.

연금술
역사에 대한
책을 읽다가

금을 만들려던 연금술사들의 의도는 실패했지만, 시도된 다양한 화학 실험으로 우리 생활에 필요한 다양한 물질을 발견하게 되었대요.

삶이라는 게 저마다의 연금술이라고 생각해요. 목표를 향해 달릴 때, 목표의 배경이었던 것들이 창조해 내는 의도하지 않은 세계의 부속물. 우연히 축적된 세계를 만나게 되지 않을까 하는 기대.

그러한 맥락에서, 삶보다 순간이 소중할 때가 있는 것 같아요. 궤도에 있지 않은 순간을 삶이라 정의하지 않을 수 없으니까요. 때로는 완벽하지 않더라도, 변수로부터 기대할 수 있는 삶을 살았으면 좋겠어요. 삶에 대한 고민은 하나의 실험, 실험이 모이면 우리는 바라는 걸 바랄 수 있게 될 테니, 함께 고민해요.

내 마음의 연금술은 당신이 있어야 완성될 테니까.

너무
그리웠어

'너무 그리웠어.'

당신의 말에 솟아오르는 감정을 억누를 수가 없었던 밤이
에요.

때로는 사람들 속에서, 때로는 적막 속에서 내가 떠올린
사람은 당신, 그리고 당신이었어요.

붉은 입술을 통해 채워지는 붉은 마음.

당신의 페이지를 접어 놓고 다시 펴 보는 날까지.

잘 지내요, 그리움으로.

여름밤,

여르음,

바암

지난밤을 기억하나요, 공원에서 나는 당신을 무릎에 눕힌
채 한 주 동안 우리 사이에 있었던 감정의 소용돌이와 같
은 것들에 대해 해명해 보고자 두서없는 말에 손짓 발짓
이라도 해서 진심을 전하고 싶었는데 '당신에 대한 내 마
음은 한 번도 의심해 본 적이 없어'라는 당신의 말에 마음
한 곳에 떨어진 당신의 색이, 발끝까지 번져 나가는 느낌
이었어요.

구름 한 점 없는, 잔잔한 미풍이 흐르는 평화로운 밤이었
어요.

또 만나요, 마음의 평화를 위해.

계절의
문턱에서

지난 이틀을 뒤로한 채, 느지막이 눈을 뜬 월요일이에요.
입안에서 굴리면 굴릴수록 달콤했던 지난날을 떠올리며
보통 때라면 강박적으로 잠들었어야 할 일요일 밤에, 처
음으로 당신의 SNS에 있는 글들을 찬찬히 읽어 봤지요.
당신의 생각들 중 검증을 통해 이 디지털 노트에까지 올
라온 글들은 누군가를 위해, 혹은 그만큼 절실하게 공중
에 이야기해야 할 것이 아니었을까 생각해서 그 무게를
의식하며 공감해 보려 노력했지요.
사람이 사람에게 바랄 수 있는 기대치는 어디까지일까요,
그 기대치의 높이가 한없이 높은 곳에 있으면 그것을 사
랑이라 부를 수 있을지, 그 높이는 누가 정하는 건지, 해
석에 따라 여러 가지 이름이 붙을 것 같다는 생각.
토, 일요일에 당신이 담긴 풍경만을 목도한 나는 그 영상
미에 한없이 빨려 들어간 주말이었다고 기억하고 있어요.

또 만나요, 계절의 문턱에서, 우리의 평화 속에서.

여름, 퇴장
가을, 입장

매미, 여름, 퇴장.

귀뚜라미, 가을, 입장.

당신이 집 앞에 다다랐을 때, 늘 보내기 싫은 마음인데 당
신은 어떤지 모르겠어요. 당신도 집에 들어가기 싫은 마
음이면 좋겠어.

지루한 일상에 여행이 삶에 단비 같은 존재라면, 나는 늘
당신이라는 세계를 여행하고 있어요.

익어 가는 단풍처럼 우리의 색깔도 진해질 거예요.

또 만나요, 셀 수 없는 두근거리는 일들로.

여행을
돌이켜 보며

그 호텔 방은 좁고 낮았으나 당신이 있어 밝았고 그 길의
태양은 뜨겁고 멀었으나 당신과 함께해서 즐거웠으며 그
곳의 모든 말들은 알아들을 수 없는 타국의 언어였지만
당신이 있어 교감만이 가득했습니다.
또 다른 여행을 준비하는 마음뿐이에요.
늘 새로운 세계를 경험하게 해 주는 나의 세계는 실은, 당
신이에요.
또 만나요, 새로운 여행을 떠나는 마음으로.

바람이 지나가고
남는 건
텅 빈 옆자리

준비했던 것들이 모두 지나가면 일말의 후련함도, 이곳에 남지 않고 스산한 바람이 훑고 지나간 곳에 남는 건 텅 비어 있는 내 옆자리에요.
알아요, 나도.
한 주가 지나면 우리는 만날 수 있고 매일 연락할 거고 또 만나면 행복 안에 있을 걸 아는데 당신을 보내고 단단히 여미는 마음의 단추가 잘 채워지지 않는 날이 있어요, 꼭.
단 하나 정말 다행인 건 내가 사랑할 수 있을 때 당신이 나타나 주었다는 것, 당신을 떠올리는 월화수목금의 앞에 서서, 사랑을 보내요.

생 일
축하해요

〈우리도 사랑일까〉라는 영화를 보면서.
영화의 질문에 나는 강하게 고개를 끄덕이며,
영화 대신, 당신을 바라보았습니다.
함께하는 첫 번째 생일 축하해요,
내 사랑.

생일 축하해요

언제나
보내는 건
아쉽다

만남의 끝에서, 당신 곁에 있을 때의 생기 있는 표정 대신
생가에 잠긴 내 얼굴이 스쳐 지나감을 느꼈는지 모르겠
어요.
언제나 보내는 건 아쉽다, 나는 억겁의 세월을 지나 북극
에서 남극에 있는 당신을 만나러 간 게 아닌데 보낼 때의
마음은 늘 무겁네요.

새기는 순간
꿈꾸는 영원

당신을 안고 있을 때, 귓가에 당신의 이름을 부르는 건 모
래사장에 사랑하는 연인의 이름을 새기는 것처럼 절실한
마음.
그것이, 바람과 바다에 쓸려 갈 것을 알면서도 새기는 순
간엔 영원을 꿈꾸는.

당신에게
취한 거야

막걸리에 취한 건, 나였을까. '우리 부부'라는 말에, 부끄
러우면서도 스스로에게 신기했던 시간.
이전에, 그런 말실수를 해 본 적이 없어서.
푹 삶은 꽃게만큼이나 내 얼굴은 빨갰고, 속은 뜨거웠습
니다.

만나러 가는
길

만나러 가는 길은 늘 즐거워요.

이때만큼 가벼운 발걸음이 있나 싶어.

당신에게 닿기까지 5분이 남았었으나 지금은 다시 5일이

남았네요.

5일은 짧은 시간이에요, 기다리는 당신만 없다면.

또 만나러 갈게요, 당신을 안을 수 있을 만큼의 가슴과 사

랑을 속삭일 만큼의 목소리를 갖고.

만나면
만날수록

지금은 일요일 아침이고, 흐릿한 하늘만큼이나 뒤죽박죽인 꿈속을 헤매다가 자리에 앉아 당신에게 건넬 말들을 정리하고 있어요.

감히 무엇을 '내 것'이라고 단정 지을 수는 없지만, 내 지분이 꽤 높은 당신의 주말을 회사가 뺏어 간 것 빼곤 괜찮은 일요일이네.

이 모든 상황이 좋아질 거고 만사가 평화로운 당신의 시간이 올 거야 하고 확언할 수는 없지만 당신의 손을 잡고 오는 비바람을 함께 맞거나, 우산을 들고 뛰어오거나, 함께 피할 지붕을 마련하겠다는 말은 꼭 하고 싶어요.

어제 당신을 만나 제일 먼저 했던 말을 기억하나요?

'오늘은 절대 어디도 가지 말고 여기 있어라'라는.

내 토요일은 예쁜 당신을 감상하는 갤러리 같아서 보고 온 것들을 잊지 않으려 노력하지만 당신이 더더욱 그리워

지는 건 그 기억들이 선명해서인지, 좋지 않은 기억력에
휘발될 걱정 때문인지.
늘 곁에 두고 싶다. 갈수록 간절해지는 마음만 가득.
자꾸 만나요, 만나면 만날수록 모자란.

지구야
천천히
돌아라

안개는 서울의 풍경을 지우고 안개로 서울의 풍경을 다시
그린 듯한 날.

하루가 길다는 말을 습관처럼 내뱉었는데 짧은 잠처럼 지
나간 오늘 하루를 뒤에서 돌아보려니, 안개처럼 사라지는
기분.

딱히 상처받은 게 없는데도, 나는 당신의 품에 들어가면
위로를 받는 듯해.

혼자였을 땐 세상의 차가움을 알 수 없었으나, 당신의 따
뜻한 세상을 만난 이후로 세상이 더 차갑게 느껴지는.

어제 같은 밤을 생각하면 왜 하루가 고작 24시간뿐인지,
하는 생각이 들어요. 지구야 조금만 더 천천히 돌아라.

또 만나요, 만날수록 모자란 시간에서.

아쉽고

그립고

초조하고

1년 전 오늘에서 바뀐 게 있다면, 1살이라는 나이뿐이지.
이 마음과 간절함은 여름의 폭우에도, 겨울의 찬바람에도
고스란히 이곳에 남아 있어요.

당신이 예쁜데, 예뻐서 간절하고 아쉽고 그립고 초조하고
당신은 당신이 모르는 새 내 감정을 얼마나 많이 결정하
고 있다는 걸, 아는지 모르는지.

당신의 하루에 무언가 깨져 버리는 것이 있다면, 그 조각
이라도 챙겨 들고 곁에서 어떻게든 이어 붙이고 싶은, 그
런 마음이에요 나는.

금방 또 만나요, 이틀 뒤에 당신을 볼 수 있다는 거, 너무
큰 위로가 된다.

어느 날의 우리가

여느 날의 우리에게

두 번째 해

우리가 만나 다행이야

여전히
현재 진행
중

가끔은 말을 아끼고 아껴서 말에 힘을 실어야 하지 않을까, 하는 생각도 들어요. 그러면서도 매주 하고 싶은 말은 넘쳐 나니까 또 책상 앞에 앉아 편지를 쓸 수밖에.
하고 싶은 일이 늘 많아요.
처음 당신에게 말했듯 그 손을 잡으면 모든 게 좋아질 것 같았고 그 기분 좋은 가설은 여전히 현재 진행 중.
빛과 같은 사람이 아니에요, 나는.
당신이라는 태양 빛을 비추는 달쯤 되지 않을까, 실제로 당신 주위를 맴맴 돌고 있고요.
또 만나요 내 사랑, 따뜻한 서로의 빛에 이끌리듯.

고
독

오랜만이지, 서로 없이 한 주를 보낸 것이.

청소도 하고, 푹 쉬면서 나름의 주말을 보냈으나 어제 오늘 나를 둘러싼 공기는 당신을 만나기 이전의 딱 그날이 떠올라서 기분이 마냥 좋지는 않네요.

고독.

목적이 완전한 영점이 되었을 때, 가치를 찾지 못하는.

오늘, 딱 2년 전 그때의 감정이 떠오르는 건 당신을 만나곤 이런 고독을 느껴 본 적이 전혀 없었으니까.

마치 기억이란 양초의 초조함이라는 심지에 불을 붙여 놓고 바라보는 기분이야.

그 초가 밝게 타는 만큼 당신에 대한 기억만 더 선명해지겠으나.

행복은
가까이에 있다

하늘이 나누는 밀어처럼, 눈이 소르르 내리는 날에 당신과 따뜻한 오뎅에 청주 한 잔을 부딪으면서 내일 볼 영화 이야기를 나누는 대화 속에 눈이 소리를 머금은 창밖을 바라보며 나는 행복해졌어요.

'이만큼 행복한 날은 다음에 언제 올까'라고 생각했어요.

행복은 가까운 곳에 있다. 내가 당신과 가까이에 있는 한.

주말에서 깨어나면 내 숙취가 또 얼마나 길지 마음이 무겁지만 소중한 사람이 편안히 가장 있고 싶어 하는 장소에 머무를 수 있다는 사실이 나로 하여금 미소 짓게 해요.

부디, 어떠한 걱정도 당신을 해치지 않기를.

그리고 행복만이 가득하기를, 우리는.

돌아오는 길
모든 게
뒤바뀌고

유리창에 비친 우리의 모습이 하나가 되어 있을 때, 당신과 한 상에서 나란히 밥을 먹을 때, 한 잔 술을 부딪고 입을 맞출 때 그 모든 걸 뒤로하고 집에 오는 길은 모든 것이 뒤바뀌는 시간.

내가 당신을 얼마나 좋아하는지 확인하고, 좋아하는 당신과 늘 함께하지 못하는 모순을 느끼는 시간.

매주의 꾸준한 만남으로 나는 나아갈 힘을 채우는데, 그 힘이 넘치는 이런 날이면 내가 가누지 못할 만큼의 행복이 나를 지배할 때가 있어요. 지금 당신을 흔들고 있는 거대한 변화의 파도는 얼마나 출렁이고 있을까?

나의 당신, 내 모든 것이 당신을 향하고 있어도 그대에게 위로가 될 순 없겠지만 이런 사람이 있다는 것이 늘 위안이 되어 함께 나아갔으면 좋겠어요.

또 만나요, 세상에 서로가 있다는 안도감으로.

당신을 만나
정말
다행이야

이 시간의 정적을 얼마나 오랜만에 느끼는지, 낯선 평화
속에서 내가 요즈음 하루를 어떻게 보내고 있는지가 느껴
진다.

하루를 365번 더하면 1년이 되는데, 우리가 1년의 주말을
함께 보냈다고 하면 96일. 나에게 주어진 기회의 반의반
정도를 당신과 나눴다고 생각하니 아쉬운 기분이 드네요.
이렇게 만날 날이 많은데도 겨우, 반의반.

우리 관계를 돌아보게 돼요. 기시감이 반복되는 매일을
살다가도 당신을 떠올리면 모든 일에 의미가 생기는, 밋
밋하던 내 스케치북에 당신이 준 물감으로 예쁘게 그림을
그리고 있는 중입니다.

나는, 당신을 만나서, 정말 다행이야.

보통 만남의 여운에서 당신에게 보낼 편지를 쓰는데 오늘
은 만날 기대감에서 그리해 봐요. 월요일부터 당신을 만

난 것만으로도 내 한 주는 좋은 일만 가득할 것 같아.
또 만나요, 서로의 곁에 서서.

사랑을
가르쳐 주는 건
당신

전에 읽었던 《사랑의 기술》에서 에리히 프롬은, '보다 높은 차원의 사랑'을 이루기 위해 노력하라고 했는데 나는 당신을 만나면 반가운 나머지 허둥지둥, 그러다 보면 시간이 다 흘러가서 '고등한 사랑' 같은 것은 생각할 겨를도 없게 되어 버리지요.

이제 와 생각해 보면 두 분 선생님 중에 나에게 사랑을 더욱 잘 가르쳐 주는 건 당신이라는 생각이 드는 밤이에요.

비,
그리고

비, 라고 짧게 말하고 당신 – 이라고 길게 말해 보는 밤.
시간이 지나면 잊히는 것들이 당신은 슬프다고 말했지.
어젯밤, 서로를 안고 있을 때 내 귓가에 한 말,
나를 아주 많이 좋아한다는 그 말.
서로만 이해하는 은밀한 외국어.
당신은 늘 내 행복의 한계치를 늘리는 사람이야.
목마름으로 만난 서로를 해방시키는.

어서 와요
나의 당신

시험을 보는 당신을 기다리며 카페에서 편지를 써요. 당
신도 모르는 새, 당신에게 다가가고 있는 편지. 5일 앞이
나, 두 시간 앞이나 기다리는 마음은 한결같네.
내가 상상하는 것보다 당신의 하루하루가 밝고 경쾌했으
면 해요. 새어 나오는 불빛이 아닌, 늘 빛나는 태양과 같
았으면. 당신의 태양이 오롯이 빛나면, 곁에 있는 나의 입
술도 초승달 같은 미소를 띠고 있을 테니.
당신이 괜찮을 거라는 것, 내가 있다는 것, 잊지 말아요.
당신의 지구가 늘 온전하고 따뜻할 거라는 것, 어떠한 세
찬 바람이 불어도 당신의 아늑한 오두막은 늘 그 자리를
지킬 거라는 것, 모두 잊지 말아요.
당신에 대한 나의 마음의 크기를 잘 알기 때문에, 당신의
세계는 늘 안전할거야. 그러니까, 나에게 기대요. 또 만나
요, 끌어안은 서로의 빛으로, 마음이 만든 굳건한 세계로.

점
이으면
선

외로운 두 개의 점을 이으면 선이 된다.

당신이라는 점과 나의 점이 선을 그으며 다다른 봄날의 경주. 천 년 전 시간이 박제된 옛길을 걸으면서 당신이 곁에 있다면 찬란한 나의 문화가 계속될 것 같은 왕국.

밤하늘 반짝이는 별과 컴컴한 밤길을 걷는 두 사람, 새소리 가득한 싱그럽도록 푸르른 숲길과 평화로 지은 듯한 가옥의 거리 속 당신은 영원히 잊지 못할 거야.

나에게, 경주는, 당신이 되었어요.

차창에 비친 당신을 보며 마음으로 가득한 그 기찻길이 지구를 끝없이 달렸으면 좋겠다고 생각했어요.

다시 만나요, 나와 당신의 역사에서.

현실 같은 꿈
꿈 같은 현실
사이

바람이 몰고 온 비가 세상을 촉촉히 적시는 일요일 밤, 샤
워를 하고 머리를 말리며 컴퓨터 앞에 앉았어요. 창문을
활짝 열어 놓고 떨어지는 빗소리의 리듬에 맞춰 타자를
두드리며 당신에게 보낼 이야기들을 적어 봐요.

우리 참 좋았지, 어제.

당신이 말했지. 나를 만나면 현실보다는 꿈속에 있는 것
같다고.

나는 말이야, 당신을 만나는 시간만이 현실과 같고 나머
지는 꿈도 아닌 무엇처럼 느껴져. 당신이 건네는 말, 잡은
손, 바라보는 눈빛의 감각만이 실제처럼 느껴지고 당신에
게 보내는 나의 말과 행동만이, 온전한 내가 된 것 같다는
느낌이 드니까.

현실 같은 꿈, 꿈 같은 현실 사이에서.

세상 한가운데
당신이 있다

〈나무는 끝이 시작이다〉라는 시를 읽다가 문득, 우리는
서로의 어디쯤에 있을지 궁금해졌어요.

당신이 나를 떠올릴 때 세상의 맨 앞으로 달려 나가 지친
걸음 한 걸음을 응원하며 어서 오라고 외치는 사람일지,
지친 하루의 맨 끝에서 반기어 오늘도 수고했다고 당신을
토닥이는 사람인지.

내게 있어 당신이란 사람은 세상의 한가운데에 서 있는
존재라고 생각해요. 먼발치에 있는 것이 아니라, 지금 흐
르고 있는 이 시간과 장소에서 숨 쉬며 살아가는 사람. 이
땅에 두 다리를 딛고 기쁨과 아픔을 함께 느낄 수 있는 사
람이라고.

내가 상상하는 것보다

당신의 하루하루가 밝고 경쾌했으면 해요.

새어 나오는 불빛이 아닌, 늘 빛나는 태양과 같았으면.

여행의
길에서

일찍 일어나 당신을 데리러 가는 길.

무거운 하늘과 구름보다 많은 차들.

동그라미가 많은 식당의 가격표라든가 보행로보다 더 많
은 보행자들.

세상의 끝에 있는 듯 멀기만 한 호텔.

그런 것들 아무것도 아닌 일이 되어 버리지요.

당신만 있으면.

내가 그 무대에 당신과 나란히 설 수 있다는 것, 그것만으
로도 충분한 여행이었어요.

해와 달이 바뀐 듯, 함께하는 밤은 낮처럼 밝고 함께하는
낮은 밤처럼 아늑하다네.

우리의 일기에 전주라는 예쁜 책갈피를 꽂아 놓고,

또 만나요, 새로운 여행길에서.

'정착'이자
'여행'

경리단길과 가로수길, 연남동의 좁은 골목길까지도 함께 걷는 당신이 있어 좋고, 그 길은 이전과는 다른 의미로 다가와요. 길의 종착지만 선명했던 세상에 이름 모를 길들의 어귀, 멈춰 서서 입 맞춘 모퉁이들이 갖고 있었던 소중한 의미를.

당신이 좋아요, 당신은 나에게 '정착'이자 '여행'과도 같은 느낌이에요. 늘 머무르고 싶고, 이 길을 걷고 걸어서, 도착하면, 이윽고 당신.

서로 여행의 증인이 되길 바라요.

또 만나요, 어느 빛바랜 길 어귀의 모퉁이에서, 하늘만 지켜보는 은밀한 담벼락에 서로의 입술을 기댄 채로.

사랑
해요

몰아치는 태풍이 영원할 것 같던 밤바다가 물러나고 모항에 돌아온 범선과 같은 기분이었어요, 당신과의 만남은. 돌아온 선원이 어둑한 부둣가에서 늘어놓는 항해 이야기처럼 난 당신 곁에서 이틀 밤낮을 종일 재잘거린 것 같네. 콜럼버스가 죽을 때까지 인도라고 믿었던 그 미지의 대륙처럼, 나는 늘 일말의 의문 없이 다른 누구로도 갈음할 수 없는 당신을 만난 것을 종교처럼 굳게 믿고 있어.

고개를 옆으로 돌리면 행, 위를 올려다보면 열만 가득한 바둑판같이 똑같은 일상에서 우리가 함께 수놓는 점과 점들은, 감히 말하건대 내 생에 아름다운 그림으로 남을 신의 한 수라는 생각이 들어요.

'사랑해요'라는 말을 몇 번이나 아끼고 있는 줄 모르겠어요. '정말 필요할 때 써야지'라고 생각하는 그 말이, 매번 필요해지는 상황.

또 만나요, 이 여름보다 뜨거운 만남으로, 내리지 않는 비 대신 서로를 촉촉이 적실 마음으로.

한 모금의
당신이라도
내게는 단비

참 더운 주말이었어요, 그치.

몸이 노곤한 대로, 눈이 가기는 대로, 당신 곁에 있는 것 또한 즐거운 일이에요.

가장 좋은 기분, 가장 좋은 날, 당신을 만날 수 있는 날만 그런 것이 아니라 두 다리로 딛고 있는 땅, 파란 하늘, 뜨거운 열기, 흐르는 땀 같은 것들마저도 좋든 싫든 당신과 같은 걸 공유하고 있다는 것이 내게는 정말 소중한 일이에요, 그런 자유를 매일 느끼지 못하기 때문에.

늘 당신에 대한 갈증 속에 지내기 때문에 한 모금의 당신도 나에게는 단비 같은 느낌이랄까.

어젯밤 우리는 밤과 잠이 뒤섞인 몽환의 시간을 보냈는데, 당신이 어떤 색깔의 시간을 보내고 있는지 잘 알 수 있는 시간이 됐어요.

한 발자욱 더 다가간 당신은 내가 아는 것보다 더 예쁘지만, 새삼 느낀 요즘 당신의 노고에 마음이 무거워졌어요.
당신에게 늘 보내는 것은 무한한 응원과 사랑이지만, 나
는 알아요, 사실 당신은 그런 것들을 뛰어넘을 만큼 혼자
서 잘하고 많은 능력을 가진 사람이라는 걸.

당신이 잘하는 게 많다는 걸 알고, 나뿐만이 그렇게 느끼
는 게 아니라는 걸 알게 되기까지 얼마 남지 않았어요.

길
이자
도착점

당신의 양지가 없는 한 주의 그늘에서 편지를 보내요.

오랜만에 만난 사람들과 나누는 오래된 이야기들.

이야기에서 느껴지는 갈래에서 나는 당신을 떠올려 봐요.

지금의 날 설명할 수 있는 존재는 바로 당신이라는 생각.

나의 길의 한가운데에 서 있는 당신이라는 사람.

나의 길이자, 도착점.

자기 존재의 증명을 당신을 통해서 할 수 있는 요즘 같은
때에는, 어느 자리, 어느 사람을 만나더라도 당신의 손을
잡고 다녔으면 좋겠다는 생각이 들어요.

얼른 만나요, 보름달처럼 차오르는 기다림으로.

어떠한 아픔도
주지 않을
거니까

일요일에는, 태양과 토성이 지구를 기준으로 일직선이 돼서 육안으로 보기엔 토성이 태양 뒤에 쏙 숨는 듯한, '토성 엄폐'라는 천문 현상이 있을 거래요.

인터넷 뉴스를 검색하다 보면 현상을 소개하는 그림 자료들이 많은데, 당신을 만나 그 안에 쏙 하고 숨는 내 모습과 비슷하군, 하는 생각을 했지요.

정말이지 나는, 당신에게 어떠한 아픔도 주지 않는 완전한 사람이 되고 싶어요, 그렇게 받아들여지기를.

내일모레면 만날 당신이야, 강릉 바다 앞에서 다시 한번 당신에 빠지고 싶다.

얼른 만나요, 그리고 또 만나요, 둘이 만든 완전한 평화의 바다에서.

봄
보옴

여기는 일요일의 늦은, 한참 늦은 낮.

당신은 푸른 기억의 바다에 머물러 있고.

눈을 감으면 당신의 웃음소리가 파도처럼.

향긋한 커피와 하얀 두부처럼 좋았던 강릉 여행을 떠올려 봐요. 연신 눈의 셔터를 깜박이며, 당신을 마음으로 현상한 바닷가.

가끔 당신은 훌륭한 '인생의 소믈리에' 같다는 생각이 들어. 당신이라는 넓은 세상은 늘 얼마나 새로운지. 우리 함께 태양과 눈을 오고 갈 때는 봄, 그리고 봄, 보옴으로만 기억될 거예요.

다시 만날 날을 헤아려 봐요. 마음속의 해무가 걷히며 나타날 서로의 바다를 기다리며.

맑은 하늘과
너를
담은 시간

내 사랑에게 매주 편지를 쓸 수 있어 참 좋아요. 휘발되지 않는 편지로 늘 할 말이 많다는 건, 마음의 침전이 없는 당신의 매력이 그 이유이겠지요.

볕이 따사롭던 공원 숲에 드러누워 서로를 바라보던 시간. 맑은 하늘과 그것을 담은 당신의 눈을 빤히 바라보던 고요한 시간, 또 하나 내 마음의 사진첩에 꽂아 놓을 기록이 생긴 느낌이야.

내가 당신과의 결혼을 떠올리는 이유는 당신 앞에서 생기는 나의 지혜와 배려와 여유, 인생의 운치를 삶 전체에 적용하고픈 마음이겠구나 하고 생각해 봤어요. 그 겨울 내가 당신에게 손을 잡으면 모든 게 좋아질 거라고 이야기했던 것보다 더욱더 강한 '확신'이랄까.

겨울이 다가오지만, 나는 당신이 있어 늘 마음이 따스해. 또 만나요, 봄과 같은 마음으로. 서로의 봄맞이를.

Bonheur
supreme

당신이 이 땅에 태어난 날, 나는 옹알이하는 세 살배기 아이의 가을을 보내고 있었겠지요.

당신을 알게 된 이후로 내 삶은 무한한 밝은 빛으로 변해가고 있어요. 당신을 이제서야 만나 아쉽고, 이제라도 만나서 너무 기뻐요.

카드의 겉면에 적혀 있는 'Bonheur supreme'은 '최고의 행복'이라는 뜻이래요. 당신에게 내 마음 전하기에 이보다 알맞은 말이 없는 것 같다.

우리의, 당신의, 두 번째 생일을 축하해요.

사랑을 보내며.

창문 안 세상
평화롭고
아름답고

오랜만이었지요. 매주 만나도 모자란 당신을 2주 만에 만나니 흐르는 시간을 붙들지 못해 안절부절못하던 밤으로 기억될 것 같아요. '반가운 손님은 나중에 온다'라던데, 딱 우리의 이야기가 아니었는지 싶어요.

얼마 전에 여행 다큐멘터리에서 본 건데, 중세 시대의 교회에서 창을 통해 들어오는 빛에 다양한 색을 연출하기 위해 유리에 염료를 넣어 스테인드글라스를 만들었대요. 당신이라는 창은 내가 세상을 바라보는 메타포이기도 하지만, 세상으로부터 들어오는 빛들을 가장 아름다운 방법으로 투영할 수 있는 스테인드글라스 같은 존재가 아닐까 하는 생각이 들었어요. 이 창문 안의 세상은 한결같이 평화롭고 아름답다. 당신도 나와 같은 마음이었으면.

반가운 마음을 가득 담아 보내요, 또 만나요, 각자의 물감이 섞여 더 예쁜 색을 낼 수 있도록.

곱씹어 볼수록, 진한 향이 나는 지난밤이 떠올라요.

식당에서 밥을 먹어도, 공원의 인파 속에서도, 온건히 당신에게만 포커스가 맞춰지게 되는, 나의 눈과 귀를 가져가고 안녕 하는 밤에는 기어코 마음마저 가져가는.

낭만의 이음새에 자리한 꿈과 현실을 생각해 봐요.

우선 당신을 만날 수 있는 나이, 환경, 시간 그리고 사랑을 꿈꿀 수 있는 감성과 창의력.

마치, 손목시계 안에 있을 복잡한 태엽 장치처럼, 우리는 수많은 우연의 톱니바퀴에 이끌려 맞닿게 되었음을 늘 감사해요.

이 세계는 말이지, 우리의 만남처럼 좀 더 세밀하고 정교할 필요가 있어요.

더 많은 우연과 더 많은 운명으로 이루어진.

흘러가는 하루 속에 당신을 또 한번 떠올려 봐요.

지하철에서 이 편지를 마저 쓰고 집에 들어설 때, 당신이 있는 풍경은 얼마나 좋을까?

또 만나요, 회전목마가 한 바퀴 빙 돌아, 서로의 손을 스칠 수 있는 접점에서.

마라톤
대회

레이스의 반쯤에서 나는 이미 숨이 턱 끝까지 차올랐고,
당신의 등을 응원과 함께 밀어 줬으나 나머지 길은 엄청
나게 멀었고, 다시 만난 당신이 어찌나 반가웠는지 몰라
요. 당신 없는 월화수목금을 달리는 기분이었지!
다음에 또 나가요, 마라톤 대회.

요즘 생각이 많아요. 생의 마라톤을 달리다가 잠깐 쉼터
에 들르면, 그런 질문이 떠올라요.

'나는 누구인가.'

살고 죽는 것이 나의 뜻이 아니어서 내 뜻대로 살고자 하
는 게 과욕인지, 삶이 영원할 거라는 오만에서 비롯된 것
인지.

자기 존재를 증명할 기회가 절실해지는 나이라는 것이
참, 굵어지는 나이테가 무섭네요.

오늘처럼 가끔 내 생각의 신발 끈이 풀려 있으면, 늘 그렇
듯 당신이 나를 예쁘게 조여 매 주고 함께 손잡고 뛰어야
해요. 당신이랑 있을 때, 나는 스스로 가장 강하다는 느낌
을 갖게 되니까.

출발점에 서서.

당신 없는 세상은
세상 아닌
그 무언가

우리가 손을 잡는다고 해서 추위와 배고픔이 물러나는 것
은 아니지만 느껴지는 서로의 체온에서 함께 머무를 집과
나눠 먹을 음식을 꿈꾸게 되고, 내가 당신을 바라본다고
해서 저절로 이국의 현란한 도시로 떠나게 되는 건 아니
지만 당신의 맑은 눈동자에 담긴 높은 하늘과 넓은 바다
를 상상하게 되지요.

줄곧 당신을 안아 주는 건 나라고 여겨 왔는데, 웬걸 당신
은 천상의 커튼과 같은 이불의 따스함으로 나의 잘 먹고
잘 자기까지 보살피고 있었음을.

당신을 만나기 전에는 두 손 두 발 뻗을 세상 있으면 다라
고 생각했는데 이제는 두 손과 두 발이 안겨 있을 당신이
없는 세상은 세상 아닌 그 무언가가 될 것 같은 기분이 들
어요.

이틀의 시간은 늘 짧지만 그 속에서도 당신의 존재감은

빛이 나는 것 같아. 걱정해 주고 챙겨 주던 당신의 배려에 감동하여 편지를 보내요.

또 만나요, 무한한 감동으로, 더없는 마음으로.

만남이라는
것

만남이라는 것 또한 과거의 부재와 그에 대한 인과율의
영향이 아니었을까 하는 생각을 해 봐요.
내가 닿아 보지 못한 곳들은 당신과 가 보기 위해 아껴 두
었다고, 내가 누군가에게 해 보지 못한 이 사랑의 말들은
모두 당신 것이었기에 지금까지 모아 왔다고, 이런 말을
할 수 있을 만큼 당신이 예쁜 것을 포함해서.
또 만나요, 누구와 어디에 있어도 '우리'라는 이름으로 빛
을 내는 사랑 속에서.

생을 나누고픈
누군가를
만나는 일이란

겨울만 남아 있는 궁남지의 밤에, 사라진 옛사람들의 자리를 우리가 반짝 채우고 돌아온 주말이었지요.

다시 찾은 옥정호는 어땠나요, 즐거운 여행길보다 난 2주 만의 당신이 반가워서 바라보고 입 맞추다가 이틀이 훌쩍 지나간 듯 했지요.

누군가와 생을 나누고 싶은 것보다 생을 나누고 싶은 누군가를 만나는 일이 얼마나 어려운 것인지 나는 잘 알기 때문에. 당신의 미소 같은 것을 보고 있노라면 많은 생각이 들어요.

즐거운 밤을 뒤로하고 당신을 먼 길 보내야 하네요. 내려가는 먼 길을 꿈길로 따라가 볼까.

얼른 또 만나요, 기다림의 스톱워치가 00:00초에 멈추는 시간에.

적막이 흐르는 빈집에 홀로 앉아 편지를 보내요.

자석의 양극과 다른 자석의 양극이 서로를 밀어내는 것처럼, 내 안의 고독은 상황의 고독과 어울리지 못하는 느낌이에요.

당신은 어떠한가요? 내가 없는 시간의 당신이 궁금하다.

혼자 있을 때 무슨 생각을 하는지, 어떤 시간을 보내는지.

다음 주말은 당신이랑 손잡을 수 있다는 것만으로도 벌써부터 즐거워지는 토요일 오후예요.

내 사랑, 얼른 내 곁으로.

기다리고 있어요, 내 겨울을 환히 비출 당신이라는 봄.

자리에 누워 당신에게 보낼 메시지를 적어 봐요.

이 편지를 당신이 받아 볼 때쯤이면, 나는 긴 동면에서 깨어나 이 좋은 행성의 하늘 아래 당신과 두 손 잡고 있겠지.

지난 주말, 한참을 돌아 돌아온 당신이 어찌나 반갑고 또 예쁜지.

골목에 서리서리 얼어붙은 얼음들은 우리가 지나간 자리만 모두 녹아 4월의 봄꽃이 돋아날 듯.

긴긴 월화수목금의 숙취를 뒤로하고 또 당신과의 행복한 만취에 머물렀으면.

또 만나요, 서로의 온기를 탐하는 마음으로.

'우리'라는
이름으로
걸어간다면

내년에도 우리는 수많은 변화의 길 위에 서 있겠지요.
많은 시행착오가 당신과 나를 기다리겠지만 '우리'라는
이름으로 그 길을 걸어간다면 설령 길이 막히고 넘어져
도 서로를 북돋아 가며 걸음만은 멈추지 않는, 삶의 끈기
를 보여 줄 수 있지 않을까 하는 확신이 있기에 다가오는
2015년 또한 기대돼요.
함께 맞이한 여덟 개의 계절에서 당신은 단 한 번도 부족
한 모습을 보여 주지 않았듯, 나도 당신을 가득 채울 수
있는 든든한 애인이 되도록 할게요.
또 만나요, 부족한 만남의 시간 속 부족함 없는 마음으로.

왕자가 된
기분이에요

크리스마스 양말 주머니의 기원은 성 니컬러스라는 신부가 가난한 집의 굴뚝을 통해 금 주머니를 몰래 떨어뜨려 보낸 것이, 그 집의 벽난로에 걸려 있던 양말에 들어간 일에서 비롯된 것이래요.

나는 노력 없는 요행수를 바라는 성격도 아니고 큰 행운을 기대하며 살지도 않았는데, 당신은 사랑이 가난했던 내 마음의 굴뚝을 통해 품에 안겼고, 그 이후로 우리는 행복의 울타리에서 살고 있어요.

지난 주말의 일이 생각나요. 눈이 내리는 겨울 속 두 사람. 뭐가 그리 신나는지 쉬지 않고 깔깔대며 서울을 누비는 연인. 당신의 곁에 있는 것만으로도 나는 왕자님이 된 기분이에요. 이런 동화 속 이야기의 끝은 한 가지 아닌가요? '그 후로 왕자와 공주는 오래오래 행복하게 살았답니다.'

메리 크리스마스, 내 사랑.

어느 날의 우리 이야기

어느 날의 우리에게

세 번째 해

언제나 첫 만남

30
서른

2015. 아직은 낯설기만 한 숫자도 이제 겨우 불러 봄 직한 때가 되면 이미 휘발되어 뜯어진 달력에서나 만나게 될까 봐 걱정되는, 스물아홉이 그리운 서른.

서른하나가 아쉬운 서른.

삼십이라는 숫자를 돋보기로 들여다본 나와 같은 애매한 청춘이 세상에 얼마나 많을까요, 30일을 생각해 본 것도 아니고 30시간은커녕 30분도 고민해 보지 않은 가벼운 생각들. 아, 이제 나는 서른이구나 하고 스윽 지나가는 찰나의 감상.

지금쯤이면 고향 집에 도착했겠지요? 얼른 곁에 와서 내 이야기를 들어 주기를.

사랑을 보내요, 얼른 와요 이곳으로, 내 사람.

나랑
결혼해

"결혼 언제 해?"라는 동기들 질문에 웃는 얼굴로 당신만 바라보는데, "나랑 정말 결혼할 거야?" 하고 당신이 물으면, 나는 또 웃는 얼굴로 당신만 바라보게 되지요.

당신은 나의 답안지가 당신의 손에 쥐어져 있는 것을 가끔 깜박하곤 해.

잔잔한 봄날에 만날 날을 손꼽아 보며.

여름휴가
끝

'세계의 끝, 여름휴가 끝'

혼자 되뇌고 피식 웃어 보는 일요일의 밤이어요.

나는 같은 회사에서 네 번째, 그리고 당신은 각각 다른 회사에서 두 번째 맞는 여름 휴가였어요. 어떤 날들을 보냈나요? 얼른 당신 손잡고 이야기를 들어 보고 싶다.

나는, 먼 산꼭대기에서 내려다보듯 거시적인 시간을 보냈어요. 오늘이 어제 같고, 내일이 오늘 같은 날들. 분초를 앞다퉈 가며 보내던 하루를 잊으니 간단한 세상에서 내가 너무 전전긍긍하고 있는 건 아닌가 하는 생각이 들었어요. 콜라는 달고, 샤워는 시원하고, 밤은 편안한 기분. 이 담대함으로 세상을 살아갈 수 있다면.

우리의 짧았던 휴가는 지나가지만 당신을 만나야 나의 진짜 휴가가 시작되겠지. 그러니까 얼른 만나요, 사랑을 보내요.

나는 오래전 읽었던 스탕달의 《연애론》이 떠올랐어요.
'사랑이란 상대에게 무엇을 받을 것인가를 생각하는 것이
아니라 무엇을 해 줄 수 있는지 고민하는 것이다.'
사랑은 주는 것. 시의 구절처럼, 사랑은 그 사람이 싫어하
는 야채 반찬을 대신 먹어 주는 것.
사랑은 그 사람의 이름을 불러 꽃이 되는 기분을 만들어
주는 것. 지난 이틀 밤, 우리가 서로에게 주려고 했던 온
기처럼.
잔뜩 부풀어 오른 빵처럼, 따스하고 폭신하고 말랑하고
맛이 났다. 맛있는 빵을 큼직하게 떼어 서로의 입에 가득
넣어 주는 밤이 또 오기를.
귀뚜라미 우는 시원한 여름밤에 당신을 떠올려요, 또 만
나요.

수 프 한 술 에
감 자 한 입 에

'벌레이빨'에 끙끙, 하는 내가 입을 크게 벌리지 못하니
애벌레 잡아 주는 어미 새처럼 작아진 입에 음식을 넣어
주는, 당신을 헤벌레 바라볼 수밖에 없는.

내가 약해진 만큼을 당신의 강해짐으로 채워 또 나아갈
수 있다는 믿음 같은 것. 부러진 이빨과 연약한 잇몸으로
도 함께라면 어떻게든 세상을 소화해 나갈 수 있겠구나
하는, 세상의 이, 치 같은 것을 발견하는 것.

그런 깨달음이라는 건 큐레이터의 도움을 받아야 겨우 이
해하는 난해한 그림 한 폭에서 얻는 것이 아니라, 토마토
수프를 한 술 뜬 스푼에 담겨 있고 으깬 감자를 한 입 뜬
포크에 담겨 있음을.

이빨은 아프고 배는 또 고파지는데 마음이 행복한 늦여름.

우리의 만남은
언제나
'첫 만남'

아파트 현관문이 닫히면서 어둠이 시작되는, 화요일의 새벽 출근길이에요.

보이지 않는 길에는 귀뚜라미 울음만 가득. 걸음걸음에 귀뚜라미 소리가 숨죽이고 지나간 길에서 다시금 소리가 들리는 것이, 발로 밟는 피아노를 연주하는 것 같기도 하다.

앞으로 20여 일이 지난 뒤에는 오늘과 같은 어둠을 가르며 당신과 여행을 떠나겠지. 모두 잠든 시간에, 유일하게 깨어 있는 두 사람.

첫 만남, 첫 키스. 모든 말에 '첫'이 붙은 이야기가 드라마가 된다면 우리의 만남은 언제나 '첫 만남'이라고 불러야겠지.

하루의 만남은 늘 짧고 한 주의 기다림은 늘 길다. 즐거운 여행을 기다리는 마음.

외딴 점으로 만나
별자리를 수놓다

하루 일과의 시작은, 밤새 이어폰의 요정이 꼬아 놓은 이
어폰 줄을 푸는 것.

⟨ordinary people⟩을 들으며 이 모든 문제를 凡人인 나
로 합리화하면, 조금은 위로받는 기분이 들지요.

길은 사방으로 펼쳐져 있는데 집에 갈 수 있는 출구는
4212 버스의 자동문뿐이라는 아이러니. 하늘까지 닿은
아파트들을 바라보다가 당신과 나눴던 '살 집' 이야기를
생각해 봐요.

밤하늘에 별과 같던 당신과 나는 외딴 점으로 만나, 하나
의 선을 그리고, 그 선이 집 모양의 별자리를 수놓는다는,
반짝반짝한 이야기.

삭막한 도시이지만, 서로가 기다리는 집이 밤배의 항해를
인도하는 등대 불빛처럼 느껴지지 않을까 하는 생각. 생
각만으로 기분이 좋아지는.

차창에 비친 내 곁에서 당신의 모습이 함께 비추이는 날이 얼른 오기를.
얼른 만나요, 외롭지 않은 밤을 데려올 내 사람.

결혼이 연애보다 무엇 무엇이 더 좋은 것이다.

라고 조리 있게는 설명을 못하겠어요, 나도 해 본 적이 없으니까.

그렇지만, 한집에서 사는 우리를 떠올려 보면 유난한 행복이 집안 가득할 것 같고 더군다나 매일 한 이불 속에 들어갈 수 있다는 것만으로도 연애의 모든 것보다도 이득일 거라는 확신 같은 게 들어요.

찬찬히 이야기해 봐요, 시간은 우리의 편이니까. 그리고 다음 주는 도쿄에서 만나요, 내 사랑.

천 번째
밤

동그란 동경의 달이 굽어보는 우리가 만난 천 번째 밤.

환한 달빛을 닮은 당신과 나의 천 일간의 야화.

네온사인 가득한 신주쿠의 빌딩 숲에서 히비야의 평화로운 거리에서 열기로 차오르는 시부야의 골목에서 한낮의 뜨거운 태양이 내리쬐는 긴자의 대로에서 도쿄라는 놀이터가 한없이 작은 듯, 당신과 나는 사랑을 쫓는 숨바꼭질을 했지.

재빠른 당신을 착실하게 쫓아, 겨우 잡은 것은 당신을 쓰다듬던 달밤이었어.

즐거운 여행
끝

퇴근길 지하철이 강 위를 올라올 때, 매일같이 이 시간쯤
고개를 들어 내다보는 밝은 밤이었어요. 이제 정말 가을
이구나, 10월.

동쪽에서 뜨는 해는 동해 넘어 동경에 두고 온 것인지, 우
리의 즐거운 여행 끝에 불시착한 곳은 시린, 나라. 여행에
서 부랴부랴 돌아오는 길에 가져올 짐들을 꾸리며 한 가
지 잘한 것은 당신을 빼먹지 않고 잘 안고 왔다는 것.

귀여운 아이야.

함께 떠난 여행길만큼 함께 돌아온 낯익은 길이 어찌나
마음이 놓이면서 설레는지. 눈 녹을 날까지 서로의 눈을
바라보며 시린 계절을 막아 보도록 해요.

도쿄에서 서울까지 건너온 사랑을 보내요.

허전한 빈손은
월요일을 깨우고

안개가 가라앉은 무거운 월요일을 향해 내딛으면서 집에
두고 온 물건은 없는가, 깜박깜박.

주머니를 더듬어 보며 있어야 할 자리에 있을 것들을 헤
아려 보면, 딱 하나, 주말에 꼭 놓고 오는 '우리'라는 이름.

마주 잡던 손을 잃은 허전한 빈손이 지하철 손잡이를 붙
잡고 월요일을 흔들어 깨우고.

창에 비친 내 얼굴을 빤히 들여다보는 것은, 당신 곁의 나
를 떠올리는 일.

회전목마의 끝에 있는 당신을 불러 봐요.

반갑게 마주할 때까지, 또 한번 빙그르르 사랑을 보내요.

톡톡
당신을 두드리고

반나절을 파묻히고서야 침대에서 태어난 당신이 없는 토
요일.
창밖엔 비가 내리고 가족들은 잠들어 있어서 더없이 아
늑한 기분이 드네요. 이런 날, 당신과 내가 한집에 있다면
이불 속에서 빠져나오는 것이 세상에서 가장 어려운 일이
지 않을까 생각해 봐요.
톡톡-
창문을 두드리는 빗소리에 박자를 맞춰 당신을 두드리고
는 톡톡-
보고 싶은 사람아, 얼른 다시 내 곁에.

심,

쿵

'심쿵'이라는 요즘 말을 알게 되고, 나는 당신을 만났을 때 흔들리듯 두근대는 가슴을 표현할 적당한 말을 찾은 것 같네.

네 손이 날 향하면 심쿵, 그 손이 내 손에 포개어지면 심, 쿵, 어두운 영화관에서 서로의 볼을 스칠 때면 심! 쿵! 심! 쿵! 하게 되는 것을 느끼곤 해요.

사랑이란, 서로의 마음을 두들기고 공명하는 마음의 울림에 일상 전체가 흔들리는 일의 반복.

마치, 타는 저녁놀 위로 일렁이는 아지랑이처럼 무언가에 취해 있고 취해 있는데 나쁘지 않고 좀 더 취하고픈 기분.

만나고 만나는 하루들이 반복되었으면.

여
전
히

如前.

영원한 시간이 스며든 말, 여전히.

"여전히 나는 당신이 좋아."라는 당신의 말을 어두부터 어미까지 꼭 끌어안고 한참을 놓아주지 않고 바라보았다. 밤하늘에 놓인 별자리를 그려 보듯.

나는 그 말을 입에 담아 말의 뿌리인 당신의 마음까지 닿아 보려고. 잠 못 드는 일요일 밤, 한참을 '여전히' 마음속을 헤매고 있었다.

황홀의 감정은 스스로 낼 수 없는 것.

누군가 건네준 행운과 같은 말 속에 있다는 것을 입안에 감도는 달콤한 맛을 잊지 않으려 나는 눈을 감고 천천히, 천천히 그 뜻을 음미해 보고는 별처럼 아득히 환히 여전히 빤히 웃고 있었다.

그대 생각이
흐드러지는
밤

둘이라는 것에서 찾는 무한한 가능성.

'첫'이라는 것에서 찾는 무량한 설렘.

내리는 눈이 멈추고 날이 새면 멋진 우리의 무대가 되어
있겠지.

서늘한 달빛 하늘 아래 누워 선뜩한 벽을 밟아 가며 그대
생각이 흐드러지는 밤에 그대의 온기를 떠올리네.

불쑥 찾아온
당신이라는
놀라움

당신에게 편지를 쓰는 내 모습을 떠올렸어요.
스마트폰에 엄지로 당신을 더듬어 보고는 편지지에 연필
로 당신을 끄적이며 되새겨 보는. 나는 대단한 소설이나
시를 쓸 실력은 없지만, 좋아하는 사람이 있으니 편지를
쓸 수 있으니까.
지난 주말, 불쑥 찾아온 나 때문에 많이 놀랐나요.
놀랐을 거예요. 어디에선가 나타난 당신으로 인해 달라지
는 내 삶의 놀라움처럼. 멋진 궤적을 그리며 날아가는 홈
런처럼 더 많은 기대를 갖게 되는 건, 당신이라는 4번 타
자를 만났기 때문일 거야.
못다 한 말들과 나를 글로 옮겨 당신에게 보내 봅니다.

안경잡이의
넋두리

김민기 님의 새벽길의 희망과 안식을 주는 기타 리프를
들으며 나서는 길.

지난 주말을 떠올려 봐요.

자전거를 타다가 안경을 벗어서 놀랐지? 안경을 벗으면
세상이 흐릿해져요. 형편없는 시력과 밤의 궁합이 은근히
좋지.

안경이 없는 자전거에 올라타면 저마다의 빛들이 한 덩이
로 이지러지지요. 마치, 고흐의 추상화 속을 향해 달려가
는 기분이랄까.

당신이 몰랐을, 안경잡이의 넋두리.

다시 만날 날을 기다리며.

네가
언제든지
들어올 수 있게

사흘 만의 출근길에, 핸드폰과 지갑, 그리고 이어폰 등등
을 오른쪽 주머니에 욱여넣으면서 문득 반대편 주머니의
주인인 당신이 없다는 것을 떠올린다.
티스푼으로 휘젓는 마음의 찻잔이 복잡한 무늬를 그리네.
나의 왼쪽 주머니는 비어 있어.
네가 언제든지 들어올 수 있게.

메리
크리스마스

당신을 만난 순간 떠올랐던 것은 '나에게 필요했던 것'.

일하고 잠들던 사막의 날에 한 줄기 단비가 내리며 황폐해진 삶의 커튼을 걷을 수 있던 것.

당신을 만나서 깨달은 것은 만나지 않으면 안 된다는 것이야.

그날의 우리에게 반짝이는 트리나 일루미네이션은 없지만, 함께하는 고요한 밤, 거룩한 밤을 나눌 수 있었으니.

당신이 있는 것만으로도, 마음이 강해지는 기분이야.

메리 크리스마스, 나의 당신.

어느 날의 우리가

어느 날의 우리에게

네 번째 해

곁에서 마주하는 사이

하얗게 피어난
당신

숫자를 헤아리며 땅만 짚는 내 머리 위에 하얗게 피어난
당신이 떠 있음을 느끼는 하루.
돈을 가치라고 부를 수 있고 시간을 의미라고 읽을 수 있
게 해 주는 당신이 곁에 있어 스스로를 잃지 않을 수 있지
요. 자본주의를 초월하는 연애에서 당신이 살아 숨 쉬고
있음을 느낄 수 있어요.
새해의 달력을 들여다보고는, 만날 날만 헤아려 봐요.

봄이
오면

얼어붙는 계절일수록 뜨거워질 것이다.

잎새 떨구는 바람이 불수록 불꽃을 피울 것이다.

봄은 오지 않았지만 봄을 논할 수 있는 그대가 있어 이 겨울, 고독의 그늘을 벗어나고 봄의 커튼을 걷는다.

시린 계절에 피어나는 웃음꽃은 그대가 뿌리는 씨앗에서, 자라는 방향은 그대라는 햇살 쪽으로, 그대라는 선, 물, 머금고 자라나는, 입술을 포개 놓은 듯한 붉은 새싹을 틔울 것이다.

봄이 오면 청록의 숲이 우거질 것이다.

그리고 그대와 단둘이 숲속을 노닐 것이다.

겨울은 죽어 가는 계절이기에 살아남은 우리에게서 사랑의 위대함을 느낄 수 있다.

시린 날, 겨울을 바라보고, 고개를 돌려 당신 쪽을 향해 미소를 짓는다.

당신이라는

꿈을

꾸다

부모님과 함께 식사하는 자리가 불편할까 봐 이런저런 화
제를 생각했던 내가 무색하게 당신이 당신 그대로의 매력
으로 좋은 인상을 남기는 것을 보면서, '이 사람을 만나게
되어 참 다행이다'라는 생각을 했지요.
가끔 삶이 이상한 장난으로 나를 못되게 만들고 있다면,
당신이라는 꿈을 꿈으로써 나는 순수함을 되찾는 기분이
에요.
또 만나요, 내 사랑, 즐거운 꿈에서.

봄비
내리는 날
그대 생각

겨울비보다는, 길고 번거로워도 매우 이른 봄비라고 부르
고 싶은 날.
우산을 든 사람들의 한 손은 묶이고, 두 다리는 조심스러
운 파문을 내딛고.
지구가 평등한 감옥에 갇힌 날, 사람들이 취하는 신중한
자세가 일종의 배려처럼 느껴져 아늑한 날.
인간 사이의 은밀한 비밀처럼 느껴지는 촉촉한 순간에,
나는 그대를 떠올리고.

꿈꾸는
회전목마

서로의 안에 서로가 있을 때 비로소 서로를 마주 본다.
당신과 내가, 나와 당신을 마주 보고 있다.
빌딩을 굽이굽이 흐르는 겨울바람에서, 사람들이 저마다
의 안식을 꿈꿀 때 당신과 나는 서로의 꿈속에서 서로를
꿈꾸고 있다.
춤추는 회전목마, 슬로 모션.
시간과 돈 이상의 것을 생산해 내는 반자본주의적 연애.
당신이 흔드는 스노볼에서 떠오르는 것은 나의 마음.
백색의 눈이 도시에 내릴 때 잠들 뻔했던 당신 속의 밤에
서 돌아가는 길에 붉은 얼굴과 취하고 착한 마음은 당신
에게 보내는 편지가 되어 당신에게 내린다.

겨울 남자와
여름 여자가
만나

겨울에 살던 남자와 여름에 살던 여자가 만나, 따뜻한 계절이라는 이름을 얻었지요.

가르마를 깊게 덮던 머리가 하늘을 향해 봉긋 솟아오른 것처럼. 좋아하는 노래의 템포가 바뀐 것처럼. 즐겨 먹는 음식이 칼국수에서 알리오 올리오가 된 것처럼. 유치하다고 여겼던 노랫말 하나하나에, 진지하게 고개를 끄덕이게 된 것처럼.

내 안에 일어난 변화를 느끼며, 언제나 당신은 내가 좋아하는 모든 것들의 맨 앞에 자리하고 있을 거예요.

꿈만 같던 지난 주말의 당신을 기억해요. 비와 눈, 자동차 지붕 아래서 아롱다롱. 전시장과 카페 안에서 오순도순. 무엇보다도, 당신의 눈을 한참 동안 바라볼 수 있던 시간이 정말 좋았어.

또 만나요, 내 사랑. 오랜 시간 함께하고픈.

꿈

끓여 본다

취중에 있던 듯한 주말이 지나고는 나를 찾는 전화기에
당신의 목소리가 닿고 나서야 갈 곳과 먹을 것과 하고픈
것들을 떠올리게 되는, 고여 있던 삶이 흐르는 느낌.

즐거운 통화를 마친 후 이불을 끌어 올려 눈을 닫고는, 차
를 마시는 시간.

사랑의 진한 맛이 우러날 때까지 만남의 잎사귀를 티백에
담아 추억이라는 찻잔에 몇 번이고 담가 본다.

당신이라는 이름의 향기.

꿈길에서 만나는 몽중인夢中人 당신은 꿈속에서의 사람,
꿈꾸는 사람, 꿈의 사람.

당신과 차를 마시며 입 맞추고 싶다. 달콤한 말과 따뜻한
마음을 떠올리며 달그락, 꿈 끓여 본다.

무심코
떠올린
이야기

청소기만큼 털털거리고 프로그램 재방송만큼이나 여유 있던 휴일, 집에서 오래된 CD들을 뒤적이다가 마이앤트 메리의 〈with〉를 몇 번이고 반복해서 들었더랬지요.

노래를 반복하며 베란다를 바라보는데 지난 주말의 파란 옥정호, 새빨간 메기탕, 붉은 기둥과 푸른 기와의 무량사, 코발트 바다와 저물어 가는 해 들이 눈앞에 좍 하고 펼쳐 졌어요.

평화롭던 휴일에 무심코 당신을 떠올린 이야기.

교외로 나들이 가고 맛있는 음식도 많이 먹었지마는 무엇 이 가장 기억에 선명했냐면 당신과 오순도순 티브이를 보 던 일상의 평화로움이었어요. 격정과 삶이 번갈아 찾아오 는, 가장 예측하기 쉬우면서도 예상하기 어려운 삶의 희 소성이라고 할까. 모레면 또 당신을 품에 안고 있을 거라 는 상상이 오늘의 나를 일으켜 주어요.

봄은 오지 않았지만
봄을 논할 수 있는 그대가 있어
이 겨울,
고독의 그늘을 벗어나고
봄의 커튼을 걷는다.

오늘도
해 쨍쨍

미친 듯 쏟아지던 비바람의 분노도, 앞이 보이지 않던 탁
한 하늘의 우울도, 당신을 만나는 날만큼은 금세 그치고
마는.

'오늘도 역시 구름 한 점 없이 맑을 날'이라고 '다가올 날
들에는 해만 쨍쨍 가득할' 거라고 곁에 와서는 사랑스러
운 목소리로 속삭이는, 당신이라는 예쁜 기상 캐스터.

바쁜 하루를 보내고 있는 당신이지만 즐거운 여행이 성큼
다가왔음을 잊지 말고 남은 한 주를 잘 마무리하고 얼른
나에게 와요.

영화
감상

당신이 권해 준 〈무뢰한〉을 보았지요.

동트기 전 새벽에 일어나는 이야기가, 어렴풋하고 분명하지 않은 두 사람의 관계를 잘 표현했다고 생각했어요.

영화의 감상과 당신에 대한 사랑을 잘 녹여서 편지를 써 보려고 했는데 그러기에 이 슬픈 영화는 우리의 연애랑 너-무 먼 간극이 있는 것 같고, 당신과 평화로운 사랑을 나눌 수 있어서 정말로 다행이다 하고 안심했지요.

좋은 영화를 건네줘서 고마워요. 빨리 또 만나서, 같이 재미있는 영화를 보자.

사랑을 보내요.

당신 앞에서
한없이
작아져요

인터넷에서 이런저런 그림을 찾아보다가, 프리드리히라는 19세기 독일 화가의 〈바닷가의 수도사〉라는 그림을 보고는 왠지 가슴이 먹먹해지는 느낌이 그림의 바다 내음만큼 진해져서 복사본이라도 구해서 당신에게 선물하게 되었어요. '자연 앞에서의 한없이 작은 인간'을 주제로 하는 그림을 많이 그린 화가래요.

문득, 나와 당신이 떠올랐어요.

한 번이라도 더 불러 보고 싶고, 한 번이라도 더 불리고 싶은. 당신이라는 자연 앞에서 한없이 작아지는.

낭만 가득
사랑 가득

당신이 교토로 떠나는 여행을 좋아하는 만큼 나는 당신 안에 머무르는 여행을 떠나는 것이 좋아. 월요일부터 당신으로 향하는 티켓을 끊어 놓고 주말을 기다리는 여행객. 커다란 여행 가방, 기대와 낭만을 싣고 떠나는 허니문. 집으로 돌아오는 길엔 사랑을 가득 채워 오지요.
지난 주말의 긴긴 기다림이란!
당신이 말했지요. "나의 주말은 당신 거야."라고. 두근거리던 그 말을 잊지 않고 있어요.
바쁜 겨울의 끝자락이 지나면 벚꽃이 흩날리는 날, 입 맞추도록 해요.

배
경

제주읍에서는 어디로 가나, 등 뒤에 수평선이 걸린다.

박목월 시인의 〈배경〉 한 구절로 이번 주의 편지를 시작
해 봐요.
얼마나 멋진 말인가요. 배경이라는 말은. 마주하고 있는
상대와 상대를 아우르는 뒤편의 경치를 함께 보는 일.
나는 가끔 당신을 물끄러미 바라보며 당신 자체만으로도
완벽한 배경이 되는 순간을 만끽하곤 해.
내 시선 안에 늘 당신을 온전히 담을 수 있도록.

늘
곁에서
마주하는 사이

부디 내가 없는 곳에서 다치지 말기를.

나는 그대의 앞에 서서 아픔에 대신 부딪힐 수 있고 그대의 위안을 위해서라면 스스로에게 아픔을 가할 수도 있겠으나 그대가 겪은 아픔에 대해서는 스스로 몸 가눌 수 없을 것 같으니. 당신의 아픔과 공백, 모두 피하고 싶은 일들. 그러니까, 늘 곁에서 마주하는 사이가 되기를 바라요.

봄이란
당신

봄의 어원을 아나요?

두 가지 가설이 있는데 하나는 불火의 옛말 '블'과 오다來
의 명사 '옴'이 합해져 '봄'이 된 것이래요. 옛사람들에게
봄이란 '따뜻한 불의 온기가 다가옴'을 뜻하는 거였대요.

다른 하나는 '보다見'의 명사형 '봄'이래요. 겨우내 얼어붙
었던 땅에 피어나는 '아름다운 생명의 꽃이 피어남을 바
라봄'이 사람들이 봄을 봄이라 부르게 된 계기라고 해요.

어원을 알고 나니 당신만큼 봄에 잘 맞는, 봄이라고 불러
봄 직한 사람이 있을까 싶어요.

시린 삶의 색을 바꿔 주는 당신의 온기와 내 앞에 피어난
예쁜 얼굴을 바라봄. 가슴에 지펴 주는 당신이라는 존재
의 맑은 불.

그래서 나는 당신을 생각하면 봄과 여름을 떠올리는 데 익
숙한 것 같아요. 온정과 열정 사이랄까.

내 사랑, 지난 주말을 돌이켜 보건대 무어 하나 모자람 없이 가득 찬 마음을 안고 돌아가는 길은 즐거우나 돌아옴과 함께 곁에 없는 당신이 그리워요.

당신과 손을 잡고 걷거나 입을 맞추는 일이 희극에 가깝
다면 논쟁과 갈등은 비극이라고 볼 수 있겠지요. 결국 내
인생의 희극과 비극은 모두 당신으로 통한다는 이야기.
복잡다단한 날들이지만, 우리라는 이름이 세상의 경계를
이겨 낼 수 있다면, 세상의 중심에 우리가 서 있게 될 것
이라고 믿어요. 요 며칠 노곤했던 날들을 보낸 당신에게
긴 휴식이 되기를.

낙화하는
목련은
사랑의 모습

낙화하는 목련만큼 추한 것이 없다고 생각했지요. 벚꽃처럼 흩뿌리는 모습이 아름답지도 않고 툭, 하고 둔탁하게 떨어져서는 오래된 바나나처럼 색이 바래고 행인의 발에 지나가는 차바퀴에 짓이겨진 흔적들.

헌데 복효근 시인의 〈목련 후기〉를 읽고 마지막까지 치열함 그리고 뜨거움을 잃지 않는 목련의 모습이 사랑의 지고 지순함을 잘 나타내는 것은 아닐까 하는 생각이 들었어요. 한겨울 추위에 오들오들 떨면서 황사 먼지 속에 콜록거리면서 뜨거운 여름 아스팔트에 녹아내리면서도 우리는 목련 잎처럼 서로의 손을 꼭 잡고 이 길을 걸어가고 있구나. 지난 주말을 떠올려 보면 세상에 꼭 만나야만 하는 당신이 있음을 또 한번 기억하게 되네.

또 만나요, 별빛 달빛의 가로수 길 아래에서.

당신이
있고 없고

두 번의 낮과 밤을 함께 보낸 후 집으로 돌아가는 길에.
이틀, 같은 장소 같은 시간에 일어나는 일인데도 내 감정
이 이렇게 다를 수 있는 건 다음 날, 당신이 있고 없고의
차이에서 나오는 것이겠지요.
당신은 나를 일으켜 세우기도, 주저앉히기도 하는구나.
존재와 부재로서, 우리로부터 멀어지는 시침과 분침은 늘
아쉽다.
또 만나요, 험한 세상의 서로의 다리가 되어.

제주 여행을
다녀와서

똑같은 일상을 이겨 내고 정서적인 이물감으로부터 해방된 기분. 즐거운 계절을 꽉 붙잡은 낭만의 섬. 한순간도 빠짐없이 완벽했던, 익숙한 두근거림.

우리의 연애처럼, 우리의 여행도 점점 실력이 늘어 가는 느낌이에요.

오름의 꼭대기에서 당신과 나, 단둘이 느낄 수 있었던 우리만의 해방감을 어느 노래 제목처럼, 세상은 그것을 사랑이라 부른다지.

인생의 여행 속에서도 함께하기를 바라며.

즐거운 여행이었어요. 또 만나요, 내 사랑.

당신과
내가 있어
행복한

내가 떠올리는 결혼 생활이란 하루의 키를 훌쩍 넘어서는
강도 높은 노동에서 돌아와도 웃음으로 마무리되는, 딱딱
한 구두와 경직된 관계에 얼어붙은 내가 당신에 의해 해
빙되는, 서로의 혹독했던 하루를 들어 주고 또 들어 주다
이윽고 서로에게 웃음 지어 보이는, 지구본을 돌려 보고
늘 준비되어 있는 깨끗한 노트에 다음 여행을 끄적여 보
는, 맥주를 홀짝거리며 빨래를 개고 좋아하는 음악을 들
으며 접시를 닦는, 당신과 내가 있어서, 행복한 우리 집.
송곳 같은 날이 찾아와도 서로의 상처에 밴드를 붙이고
서로의 머리를 빗겨 주고 서로의 어깨를 주무르며 살아가
자. 좋은 것만 바라보고 좋은 일만 기대하며 살아가자.
사랑하며 살기도 모자란 시간이니까.
다정하게, 다감하게.

쉼표

마침표

우리는 서로의 쉼표와 같은 사이. 길고 험난한 문장을 거쳐 서로의 머무름이 되어 주니까요.

올바른 문장을 적어 내기 위해 서로의 등받이가 되어 주는, 사, 이, 이제 나는 당신의 온점이 되고 싶어요.

사이사이의 쉼이 아니라 당신의 하루의 마침표. 당신의 하얀 등에 내 가슴을 깊게 닿아 찍는 진하고 따뜻한 검은 점 하나.

옷장을
정리하다가

형에게 물려받아 소매가 긴 셔츠와 밑단을 접어 올린 바지가 켜켜이 쌓인 추억의 옷장에는 지금처럼 덥지 않은 여름과 지금처럼 춥지 않은 겨울을 모두 버텨 내는 양면 잠바가 하나 있다.

안감이 파랗고 겉감이 빨간 잠바가 빨랫줄에 흔들리는 모습이 영락없이 태극기 같다.

어디 갔는지, 지금껏 옷의 형상을 하고 있을지도 모를 양면 잠바처럼 내 속을 드러낼 일도 점점 줄어든다.

세상이 속을 뒤집어 놔도 예쁜 모습 보이는, 양면 잠바만큼의 여유가 내게 있는지, 물어본다.

후회는
돌연히
찾아오고

집에 돌아가는 택시에 비친 차창에서 당신의 얼굴을 떠올려 보면서.

예쁜 사람의 손을 더 많이 잡지 못한 것. 맥주를 맛있게 마시는 당신의 머리를 좀 더 쓰다듬지 못한 것. 좋아한다고, 네가 정말 좋다고 더 많이 이야기하지 못한 것.

지나고 나면 늘, 아쉽게 남는 마음.

지하철 에어컨에서 머리에 똑 떨어진 물방울에 깜짝 놀라는 귀여운 모습이 내 마음에 똑 하고 퍼지는 마음이 방울방울.

이 길을 걸어 걸어서 얼른 다시 당신에게 닿고 싶다.

복잡다단한
날들이지만, 우리라는 이름이
세상의 경계를 이거 낼 수 있다면,
세상의 중심에 우리가 서 있게
될 것이라고 믿어요.

집에 가는 길에 카펜터스의 곡을 다시 듣는데, 당신과 함께 나눠 듣던 그 곡이 아닌 것은 엘피가 유튜브로 헤드폰이 이어폰으로 바뀌어서가 아니라 곁에 있던 당신이 없기 때문이라는 걸.

당신이라는 사람은 어느덧 나를 둘러싼 모든 것, 이를테면 청각 같은 것까지도 지배하고 있었음을.

그렇다면 오늘 내 마음의 허기는 올해 최고를 기록한 더위 때문이 아니라 어제까지 있던 것, 꼭 잡고 있을 당신의 손, 입을 맞추는 당신의 어깨, 그 숨결과 향기, 나를 바라보는 눈과 입술의 부재에서 오는 것임을.

무심코 흔들고 있던 내 손부채질은 올해 최고를 기록한 더위 때문이 아니라 먼발치서 다가오는 당신을 향한 반가운 손 인사라는 것을.

어디에
피어도
꽃이다

꽃은 어디에 피어 있어도 꽃이었다.

한없이 어두운 한 주의 그늘에도, 메마르고 갈라진 하루 하루의 토양에도.

찌는 듯한 태양과 시퍼런 고독이 뒤섞여 모래가 가득한 운동화로 걸어온 듯한 한 주의 끝에 피어나는 것은 슬픔이 아니라, 자두 향 가득한 당신이라는 이름의 꽃이었다.

포도송이 알알이 내 몸 가득히, 금세 익은 포도주가 내 눈을 붉히고 나서야 비로소 나는 당신에게 취하고야 말았다. 갈구하는 모든 것들, 겁쟁이 사자의 용기와 양철 나무꾼의 마음과 허수아비의 지혜를 얻게 한 당신의 마법을 믿게 되었다.

여
름
밤

당신을 만난 이후의 내 여름은 모두 열기와 온기의 사이를 오가는 기분이에요. 몸에 묻은 하루의 더위를 모두 씻어 내리고 나면, 다시 한번 떠오르는 지난밤들의 당신의 온기.

뜨겁게 달궈진 아스팔트와 열풍이 흐르는 고층의 빌딩 숲 굽이굽이를 바삐 당신과 뛰어다니며 차가운 커피를 마시고 얼음 컵과 이마에 송골송골 물방울을 닦아 내며 웃고 또 웃는 시간들.

요 며칠간의 날들은 생각이 뚝 멈추고 몸 안에 있는 힘들이 수증기처럼 날아가는, 맥없이 흘러간 하루하루 같아요. 더위에 지친 날에도 떠오르는 한 줄기의 실버라이닝은, 당신과 나눠 먹을 시원한 냉면이라든가 당신과 함께 시원한 냉탕에 입수한다든가 젖은 몸을 말리고 시원한 마루에 함께 누워 있다든가 하는 과거 현재 그리고 미래예요.

나의 꿈이 조금씩 현실이 되어 가는 과정을 바라보는 이
더운 여름도 그리 나쁘지는 않네요.
또 만나요, 나의 사랑 당신.

라임 바질
향

저녁, 버스 차창, 아득한 밤과 피아노의 울림이 밤의 깊음
을 느끼게 해 준다. 지침과 모자람에 주눅 들지 않고 나아
가는 건 거짓말 같은 하루하루의 정거장을 거쳐서, 당신
이라는 진실에 다다르고자 함이어요.
어떠한 경우에도 흐트러지지 않는 사랑을 당신에게 보여
주고자 하는 게 늘 나의 바람인데 요즈음에는 말이야, 더
우면 덥다고, 슬프면 슬프다고, 당신이 보내 주는 무한한
응원에 보답하지 못하고 나눠 주는 소중한 시간을 허투루
쓰고 있는 게 아닌가 하는 자책감이 들어요.
라임 바질 향 가득한 당신의 손에 얼굴을 묻고 싶다.
얼른 만나요, 내 사랑.

사랑의
기술

'가르친다고 해서 할 수 있는 게 아니다.'

학교의 교수법 외곽에서 전에 없는 신묘한 연주를 보여
줬던 〈위플래쉬〉의 엔딩처럼, 매뉴얼에 없는 것들은 매뉴
얼을 통해 정형화할 수 없는 것. 스스로 그리해야 한다는
것.《사랑의 기술》을 읽음으로 해결되지 않는다는 것. 연
애의 머리 위에는 테크닉이 아니라, 절로 그러함이 떠 있
다는 것을.

마음을 맞추는 게 아니라, 마음과 마음이 맞닿을 때까지,
꾸준히 마음을 갈구하기를 지속해야 한다는 것.

우리의 연애가 늘 즐거운 이유는 거스르는 일 없이 마음
이 흐르는 방향으로 자연스러움이며, 그 자연스러움이 늘
서로를 가리킨다는 것이겠지요. 한없이 겨울을 닮은 이
가을에 지지 말고, 커피를 가득 담은 텀블러처럼 우리의
향과 온기를 잘 이어 나가도록 해요.

정교
함

어머니와 예전에 다녀왔던 일본 여행 이야기를 하다가 문득 시즈오카 바닷가에서 목각 상자를 팔던 오래된 가게가 떠올랐어요. 못질 망치질 하나 없이 순전히 나무의 결과 결의 짜 맞춤만으로 완성되었던 그 상자의 경첩이며 무늬 등등의 세밀함에 매료되었지만, 가격이 비싸서 빈손으로 돌아왔던 정교함.

차 안에 흘러나오는 라디오에서 그 단어를 듣고는, '정교함'이라는 말이 당신과 참 잘 어울린다고 생각했어요.

눈을 감고 기억의 서랍에서 꺼내 보는 이미지. 머릿결, 눈썹, 손톱, 어깨의 선과 같은. 당신에게서 우러나오는 것이 뭐였을까 떠올리다가 마침내 적당한 단어를 찾은 듯한 느낌. 라디오를 듣다가 당신을 떠올리게 됐다는 이야기.

연휴의 마지막 즈음에 나를 얼른 만나러 오기를.

당신을 떠올린
횟수

눈을 떴을 때, 눈을 감았을 때

혼자 먹는 밥에 젓가락을 내려놓을 때

현관문을 열고 가을 하늘 첫 공기를 마실 때

멋진 문장을 발견하고 책장 모서리를 접을 때

거울을 보며 옷매무새를 매만질 때

아련한 제주의 바다, 교토의 정원을 떠올릴 때

핸드폰의 바탕 화면을 멍하니 바라볼 때

카카오톡에서 별처럼 많은 이모티콘이 쏟아질 때

맛집 포스팅을 볼 때

어디론가, 어디든 가로 떠나고 싶은 마음에 다다를 때

지난밤의 대화를 복기해 볼 때

지나간 날들과 다가올 날들을 헤아려 볼 때

눈을 떴을 때, 눈을 감았을 때.

지금 이 글을 적으면서.

끝까지
걸어가다 보면

서먹하지만 잔잔했고 따뜻하지만 손이 데일 정도는 아니
었던 상견례가 지나가고.

그리고는 어제, 당신과 내가 오롯이 서로를 향해 달려가
던 날을 오랜만에 보내고 나니 당신에 대한 그리움이 더
간절해지는 월요일이야.

만지고 쓰다듬고 붙들 수 있는 감정들을 소나기처럼 서로
에게 쏟아 내린 시원했던 가을밤.

지난 만남부터 주욱 끝까지 걸어가다 보면 함께하는 하루
하루가 가득하겠지요?

사랑을 보내요.

비 오는
밤

비 오는 밤, 술에 취한.

낮게 깔리는 버스의 엔진 소리, 눈을 감으면.

지난날, 너와 내가 머물렀던 바다와 사각거리는 모래 발
자국 소리가 귓가에 몰려오는 밀물처럼.

우리는 왜 늘 서로의 간격을 허물고 감정의 아교로 이렇
게 딱, 붙어 있는지.

너의 와인드업, 던지는 것은 사랑.

받아 내는 것은 나의 것.

세상에서 가장 행복한 공놀이.

한없이 뻗어 나가는 우리의 직구가 부케가 되어 멀리 저
멀리.

창문을 열어 빗소리를 틀고, 눈을 감고 공기의 소라 속에
서 당신의 목소리를 더듬는다.

생 일
축 하 해

나는 알아, 우리는 서로의 인생을 구해 줄 인연이야.
우리는 서로가 가장 암흑인 시간에 만났지.
생각해 봐, 가장 어두운 날 우리가 밝게 피운 꽃을.
그 밝음이 4년째 같은 밝기를 유지할 것이라는 걸
그때 우리 둘 중 누가 알고 있었겠니.
이 밝음이 영원할 것을 기대하며.
생일 축하해, 나의 당신.

만남과
만남
사이

우리의 만남과 만남 사이에는, 얼마나 많은 기다림이 전제되어야 할까.

다섯 개의 낮과 밤, 열 개의 해와 달이 지고 뜨면. 몇 번을 부르면 당신을 만날 수 있을까? 전화와 회의가 끝날 때마다 시침과 분침이 부딪히기도 하고 모니터와 키보드의 틈바구니에서 '당신이야!' 하고 마음속으로 외치고 나면 울림이 커져서 곁에 짠 하고 나타나게 되는 걸까. 피곤한 눈 감고 뜨기를 반복하다 보면 만 분의 일의 확률로 눈을 떴을 때의 그 귀여운 웃음으로 나를 지켜보고 있지는 않을지. 왜 우리는 우리를 모르는 이들과 다섯 날을 보내고 서로에게 이틀만을 주는 걸까.

질문이 많아지는 밤의 문을 열었을 때 당신이 밤에서 웃고 반겨 나오는 그 밤을 기다리며.

사랑 가득
가을 하루

현재에 당신을 만나 과거와 현재와 미래를 공유하는 하루. 이를테면, 예쁜 당신의 눈을 바라보며 살아온 시간을 말하고 함께 맛있는 점심을 먹으면서 살 집에 대해 이야기하는 것과 같은.

지난 토요일과 같은 하루를 보내면 시간이 빨리 지나가는 것과 시간이 영원할 것 같은 느낌을 한꺼번에 경험하는 듯해요.

맛있는 점심을 한입 가득 넣고 오물거리는 당신을 보고 있노라면 넓디넓은 운동장에 놀러 온 것처럼 쇼핑몰의 이곳저곳을 뛰어다니는 당신을 보고 있노라면, 당신을 만나 사랑이 가득한 가을 하루.

사계절에 피어나는 당신이라는 꽃.

나,

너,

우리

친척 어르신들께 당신과 함께 인사드리러 갈 시간을 잡으면서, 인터넷에서 결혼에 대한 정보들을 찾으면서, 우리의 결혼이 이만큼 다가온 것을 느꼈지요.

산에 오르는 사람들이 정상에서의 경치를 만끽하는 것처럼, '나'가 '너'를 만나 '우리'라는 이름으로 바라보는 세상은 어떠한 풍경일지.

또 다른 날들을 기대해요.

당신이
있었다

나는 당신의 곁에 있었다.

주말을 향해 달려가는 지하철 설레는 마음의 덜컹거림에
서 나는 당신의 옆에 있었다.

뜨끈한 닭 국물을 끓이는 김 서리 내려앉은 백반집에서
나는 당신의 앞에 있었다.

끓어오르는 함성, 붉은 촛대가 하늘을 향해 뻗어 있을 때
나는 소리치며 당신을 안고 있었다.

반짝이는 보도, 네온사인에 눈이 부시는 갓 지은 쇼핑몰
의 휘황찬란함을 누빌 때에 나는 당신의 곁에 있었다.

그 밤, 그 밤의 끝자락에 서로를 끌어안은 채로 나는 당신
의 곁에 있었다.

또 한 번 리셋, 월요일의 시작에서 나의 마음은 여전히 당
신의 곁에 머물러 있다.

예쁜 부부가
되길 바라

문득 지나간 날짜를 계산해 보니, 오늘이 우리 만난 지 1,431일이 되는 날이래요. 다섯 자리의 시, 일곱 자리의 분, 아홉 자리의 초를 달려 이윽고 우리가 여기까지 도착했구나 하고 생각하니 감개무량해지네요.

당신은 내 인생에서 가장 긴 시간을 몰두하고 있는 가장 따뜻한 사람이야.

평생에 한 번 입는 옷을 입어 봤을 때 거울에 비친 당신의 모습이 어떻게 느껴졌나요? 남자인 나로서는 당신이 느꼈을 감정을 완전히 똑같이 느끼기는 어려웠지만, 당신이 몹시 아름다웠다는 것만은 남자라서 내가 잘 알 수 있었지요. 나도, 당신처럼 예복이 잘 어울려서 식장에서 예쁜 부부로 보였으면 좋겠다.

이번 주말은 친구들과 가족들 속에서 보내겠구나! 평화로운 주말까지는 내가 편지를 보관하고 있을게요.

회사 일에
몹시
지친 날에

전화기가 쉴 새 없이 울려 대고 이리저리 뛰어다니는 사
람들.
감정의 메트로놈이 쉴 새 없이 요동쳐서 해야 할 일들이
있음에 불구하고 뭔가에 쫓기는 것처럼 차에 시동을 걸고
완전히 방전이 된 채 돌아가는 길에서.
유일하게 떠올랐던 건 당신이 해 주는 파스타를 먹고 마
음의 허기를 채우고 싶다는 생각뿐이었어.
이 하루의 끝에 너만 있었더라면 해피 엔딩이었을 텐데.

손목시계를
놓고 오다

그런가 보다.

그날의 마음이 들뜨고 홀가분한 나머지 시계마저 무겁게
느껴져 나는 당신의 집에 마음과 시계를 놓고 왔나 보다.

우리 다시 만날 날을 당신도 헤아려 보라고, 나는 당신의
집에 시계를 놓고 왔나 보다.

틱, 톡, 거리는 일정한 리듬으로 평생을 당신의 곁에서 공
전하고자 나는 시계를 놓고 왔나 보다.

24시간 손목을 질끈 동여맨 가죽끈, 나의 향기를 당신 곁
에 두고자 당신의 집에 손목시계를 두고 오다.

메리
크리스마스
당신

당신의 선물을 생각해 보다가, 나를 만나고 처음으로 가족들과 함께 보낼 크리스마스를 기념할 수 있는 쪽으로 정해 봤지요.

고인이 된 전몽각 사진작가가 딸 윤미가 태어나면서부터 결혼할 때까지의 과정을 담은 유명한 사진집이래요. 결혼을 앞둔 당신과 딸의 결혼을 앞둔 부모님이 함께 보면, 다양한 감정을 불러일으키겠구나 싶었지요.

내년 크리스마스부터는 늘 함께하겠지.

메리 크리스마스, 나의 당신.

드레스 입은
당신을
처음 봤을 때

아름다움과 기쁨과 설렘의 맨 앞에 나는 아쉬움이 먼저 들었어요. 당신을 좀 더 일찍 만났더라면 삶의 3분의 1 정도를 보내고 나서야 당신을 만나게 된 것을.

우리가 이렇게 될 줄 알았더라면 나는 당신을 알게 된 날에 모든 것을 설명했을 텐데.

영문도 모르는 당신에게, 우리는 결국 이렇게 될 것이라고. 너와 나는 사랑하는 사이가 될 것이라고. 시간을 한참 되돌아가 모든 것을 설명하고. 아까운 시간, 우리의 청춘을 좀 더 일찍 나눠야 함을 간곡하게 이야기했을 텐데.

손잡고 걸어갈 많은 날들을 기다려야 한다고.

다섯 번째 해

즐거운 항해 중

사랑을
드려요

나누고 싶은 인디언 속담 몇 개.

빨리 가려거든 혼자 가라. 멀리 가려거든 함께 가라.
외나무가 되려거든 혼자 서라. 푸른 숲이 되려거든 함께
서라.

내 뒤에서 걷지 말라. 난 그대를 이끌고 싶지 않다.
내 앞에서 걷지 말라. 난 그대를 따르고 싶지 않다.
다만 내 옆에서 걸으라. 우리가 하나가 될 수 있도록.

나의 모자람에 실망한 하루가 됐을까 봐 걱정이 되네요.
사과 대신에 사랑을 드리면 받아 줄 건가요?

하루하루
점 찍어 본다

한 주의 해가 저물고, 집으로 돌아가는 어스름한 밤이 되면 나는 마음의 시동을 끄고 한 주를 돌아보게 된다.

하루의 장면들을 밤하늘에 점처럼 찍어 본다.

레코드를 고맙게 받아 드는 당신.

웨딩 사진 한 장 한 장을 고르는 당신.

딸기 빛 레스토랑에 앉아 있는 당신.

별자리가 이어져 '우리' 두 글자가 완성되면, 나는 또 한 주가 지났구나, 생각하면서 차를 멈춰 세운다.

아주 오래된 유행가에서, "그것이 바로 사랑, 사랑, 사랑이야."를 떠올리면서.

그 어떤 날도 당신을 가득 머금은 날은 '우리'로 마침표 찍을 수 있음을.

아낌없이 주는
나무

찰리 채플린이 했던 말 중에, 인생은 가까이서 보면 비극
이고 멀리서 보면 희극이라고 하는데 나로 하여금 말할
것 같으면, 인생은 당신과 가까이할 때는 희극이고 멀리
있는 날에는 비극이라고 말할 수 있을 것 같아요.

기적이라고 부를 수 있는 것들은 예상치 못한 대목에서
일어나는 구원일 텐데 이번 주말은 내가 당신의 기적을
만난 날이라고 떠올릴 수 있지 않을까 생각이 들어요.

이따금 내가 파도에 휩쓸려 온전하지 못한 마음으로 세상
을 살고 있을 때 지난밤 당신이 내게 그러했던 것처럼, 가
만히 내 손을 잡고 나의 눈을 들여다봐 주세요.

그 온기 속에서 싹트는 사랑이 당신을 향해 가지를 뻗어
가 이따금 당신이 지치고 힘든 날에 두 팔 가득 안아 줄
수 있도록 할 테니. 서로의 '아낌없이 주는 나무'가 되고,
우리에게만 허락된 비밀의 숲이 될 수 있기를. 고마워요.

'희'에서
결국
'락'으로

트램펄린은 서커스에서 공중 곡예사들을 위한 안전장치로 발명되었다고 해요. 서로의 감정 속에서 아슬아슬 춤을 추는 우리 연애에 딱 맞는 데이트 장소가 아니었던가요? 미친 듯이 뛰어오르는 당신을 보면서 《호밀밭의 파수꾼》의 마지막 장면을 떠올렸어요. 회전목마에 올라탄 피비가 너무 예뻐서, 누구한테라도 보여 주고 싶었을 정도라고 생각하는 홀든. 비에 홀딱 젖는 것도 잊을 정도의 황홀함. 우리의 만남은, '희'로 시작해서 결국엔 '락'으로 끝나기 마련.

사랑을 보내요.

이제는
우리 집에서
만나요

이사를 준비할 당신도 서랍장 어디에선가 나 이전의 당신
을 마주하는 순간이 오겠죠? 잘 갈무리를 해 와서, 나를
만나기 전 당신을 나에게 찬찬히 공유해 주었으면 해요.
나는 늘 당신에 대한 전문가가 되고 싶으니까.
새로운 우리의 집에서 얼른 만났으면 좋겠어요.
또 한 번, 사랑을 보내요, 나의 당신.

해피 밸런타인

해피 웨딩

성 발렌티노 신부를 기리는 날에 나는 나의 신부를 한 번
더 생각해 보게 되었어요.

해피 밸런타인, 그리고 해피 웨딩, 나의 신부.

이 밝음이
영원할 것을
기대하며

항해를
거듭하는
우리에게

험난한 항해를 거듭하는 우리에게 보내는 결혼에 대한 명언들.

결혼이란 단순히 만들어 놓은 행복의 요리를 먹는 것이 아니라, 어제부터 노력해서 행복의 요리를 둘이서 만들어 먹는 것이다.
－피카이로

결혼에서의 성공이란 단순히 올바른 상대를 찾음으로써 오는 게 아니라 올바른 상대가 됨으로써 온다.
－브리크너

찾아보면서 마음에 가장 와닿던 이야기는 이것이었어요.

결혼은 어떤 나침반도 일찍이 항로를 발견한 적이 없는 거친 바다이다.

– 하이네

살아가면서 일어났을, 그리고 일어날 서로에 대한 실수 때마다 오늘의 편지를 기억하는 사이가 되기를 바라요.

당신에게
프러포즈

2013년에 당신을 만나고 어느, 덧, 2017년.

당신을 만나기 전, 2012년 가을의 삭막한 기억과 당신 곁을 맴돌기 시작한, 2012년 겨울의 떨리는 기억들.

네 번의 여름을 함께하며 내 앞에서 길을 걷는 검은, 또는 초록 원피스의 당신 실루엣.

낮게 깔리는 디젤 엔진의 공회전 소리가 단단하게 언 한강 물을 흔드는, 겨울밤.

모니터를 잠깐 보고 잠깐 당신을 떠올리고 문자를 확인하고 수시로 안부를 확인해 가며 살아남은 회사 속 하루들.

뭘 줄까, 어딜 갈까, 무슨 얘길할까 고민하고 정리하고 준비하는.

입술이 닿으면 눈을 감는다.

장난스레, 또는 진지하게, 키스는 언제나 감미로워.

결정적인 순간에 내가 서툴게 사랑을 갈구한다면, 당신

곁에 머무른 네 번의 여름과 다섯 번의 겨울, 그리고 다가
올 100번의 봄으로 프러포즈를 대신하겠어요.
사랑하는, 나의 당신.

저녁 때 돌아갈 집이 있다는 것.

힘들 때 마음속으로 생각할 사람이 있다는 것.

외로울 때 혼자서 부를 노래가 있다는 것.

결혼 서약 시는 나태주 시인의 시에서 찾아봐야겠다고 생
각했지요.

즐거운 주말을 보내고 아침에 눈을 떴을 때 나는 온몸을
감아 오르는 행복에 겨워 오늘이 월요일인 것도 잊고, 출
근길에 나섰지요.

사랑하는 나의 당신, 지난 주말에 당신이 가족들과 친구
들 앞에서 보여 준 의연함 우아함 재치와 현명함 등등이
곁에 있는 나로 하여금 당신을 좀 더 대단한 사람으로 생
각하게끔 했다는 것을 당신은 알고 있나요?

내 곁에서도, 사람들 속에서도, 당신은 늘 빛나는 나의 별이야.

컴컴한 밤하늘에 보여 준 당신의 춤이 또 보고픈, 그런 밤이에요.

퇴근 후
회사를 나와서

한강에 걸린 일몰을 바라보다가, 모처럼 걸었지요. 한창
개발 중인 건물들의 시멘트 외벽과 공사 중이라 흙먼지가
가득한 길이지만, 그 와중에도 봄은 자라나서 걷는 길이
나쁘지만은 않았어요.
감기는 좀 어떤가요? 체력을 이기는 정신력은 없어요. 얼
른, 당신의 몸이 건강해져서 이 즐거움을 함께 누릴 수 있
었으면 해요.
신경 쓸 일이 많은 달이지만, 즐거운 신혼여행으로 달려
갈 때까지 건강하게 3월을 보내도록 해요, 우리. 함께할
계절, 퇴근길 집에 돌아가도 서로가 기다릴 날이 머지않
았으니까.

요즘의
변화

요즘 내게 일어나는 두 가지 또는 한 가지의 변화.

먼저 몸의 변화부터, 혓바늘, 눈밑 떨림, 감기와 두통, 피로. 그리고 마음의 변화로는, 매사에 행복, 앞날의 기대, 무슨 상황이 닥쳐도 불쾌하지 않은.

이런저런 준비로 몸은 슬슬 맛이 가고 있으나, 당신을 떠올리면 기분만큼은 최고로 좋은 상태.

당신과 한집에서 산다는 것이 이런 기분이라면 마음의 행복에 겨워 체력의 최대치를 넘어서다가 얼굴은 웃고 있되 몸이 비실비실해져 가지는 않을까 하는 웃긴 상상을 해봤지요.

4월 1일 만우절의 기적.

거짓말처럼, 당신과 나의 짐들이 한집에 모여 있는 것.

체크인과 체크아웃을 신경 쓰지 않은 채로, 평화롭게 티브이를 보고 있는 당신을 빤-히 바라볼 수 있다는 것.

퇴근 이후 전화기로 이어 가던 만남을 보면서, 만지면서, 삼차원의 감각으로 운이 좋은 밤엔 사차원까지 날아갈 수도 있다는 것.

세탁기에서 돌아가는 당신과 나의 빨래가 하나의 무늬처럼 일렁이는 것.

요리를 해서 입에 넣어 주는 것과 서로의 입에서 입으로 전해지는 따스한 말들이 매일매일이라는 점.

우리의 웅크렸던 겨울이 지나고 나면 새로이 봄의 탁자에 꽃병이 놓일 거라는 것.

돌아오는 집에서 당신의 향기가.

오늘 밤도 좋은 꿈을 꿀 것만 같은 기분.

깊은
밤에

침대에 파묻힌 채 당신을 바라보며.

끓어오르는 것은 찌개만이 아니라 나의 마음인 것을.

시큼한 김치 냄새 가득한 집에서 곤히 잠듦.

신혼여행
다녀와서

활짝 웃고 있는 신혼여행 사진 몇 장과 손에 낀 반지의 무
게. 그리고, 서로를 바라보는 마음의 온기.
앞으로 펼쳐질 우리의 책장마다 좋은 글귀만 쓰일 것임을
확신해요.
돌아갈 저녁과 돌아올 주말의 당신을 기다리며.

월화수목
금토일

우리의 결혼 이후에 가장 달라진 것이 있다면 월화수목금, 토일이라는 이분법적 체계가 월화수목, 금토일로 제법 안정감을 찾았다는 거예요. 나는 결혼을 했을 뿐인데, 보너스로 주말이 하루 더 길어진 느낌.

이따금 내가 새벽에 눈을 떠서 당신에게 입을 맞추고, 빙긋 웃는 당신을 보면 주말뿐만 아니라 나의 밤도, 나의 낮도 당신으로 하여금 늘어난 행복 속에서 살고 있지요.

손을 잡으면 좋아질 거라는 확신과 맞잡은 손에 반지가 끼워지면 더 좋아질 거라는 확신이 점점 더 좋은 징후로 슬몃슬몃 드러나고 있음을 느끼고 있어요.

우리의 데이트는 전과 다름없이 식도락을 찾아 떠나는 모험. 세상에 좋은 것들을 구경하는 여행이지만 결혼 생활의 백미는 늘 함께할 수 있다는 전제, 즉, '함께 돌아오는 길'에 있음을 이번 주말에 많이 생각했지요.

오늘 나를 둘러싼 행복을 당신도 느낄 수 있다면 좋겠다.
사랑을 보내요, 나의 당신.

오늘 나를 둘러싼 행복을
당신도 느낄 수 있다면 좋겠다.

즐거운
항해 중

함께하는 이후로 즐거운 날, 행복한 하루가 지나갈 때 즈음에 나는 자리에 누워 당신을 기다리며, 기승전결이 완벽했던 행복한 하루의 완성도를 무너뜨리지 않도록, 좀 더 살았으면 좋겠다는 생각을 하곤 해요.

지나간 페이지를 되새겨 보고 다가올 페이지를 상상하면서 즐거운 항해 중이에요. 부디, 당신과 나의 날들에 행복만이 가득하기를.

과거는
현재이자
미래

날이 많이 추워요, 삼한사온이라는 말이 생각나는. 당신
이 상시 곁에 있으면, 삼한사한으로 일주일을 날 수도 있
을 것 같은데.

누군가의 과거는 오랜 역사일 뿐이지만, 당신의 과거는
나의 현재이자 미래이기도 해요. 지금처럼 앞으로도 늘
많은 걸 공유하는 사이가 될 수 있도록.

오늘도 좋은 하루 보내요, 나의 당신.

우리가
좋아하는
소년 소녀

가끔 서로의 눈을 지그시 바라볼 때에 당신에 비친 나의
모습에서, 나에 비친 당신의 모습에서 우리가 좋아하는
소년 소녀가 그 안에 있음을 발견하고 오늘처럼 우리의
세계에 평화가 가득한 날엔 그 안에서 잘 지내고 있구나
하고 미소 짓기를.

생일
축하해요

별을 헤는 밤에 나는 그 별을 품고 있었고, 별이 빛나는 밤에 그 별을 곁에 두고 바라보았지.

너는 별난 일이라며 웃어넘기지만 내 마음속에는 별이 나는 일이었어.

사람 사는 일에 사랑이 전부일 리 없으나 사랑 없인 못사는 게 사람의 일 아닐까?

내가 제정신이 아닌 건 네가 정신 나갈 정도로 예쁘기 때문이야.

감정의 전염성이 얼마나 심한 건지 알고 싶으면 네가 울면 울고 웃으면 웃는 나를 보면 돼.

여전히 내 행복 연역의 결론은 당신이야.

사랑하는 당신, 생일 축하해.

연애는 점
결혼은 선

벌써 올해의 마지막 달이에요.

독립부터 결혼까지 당신과 나를 둘러싼 모든 것이 변한 올해를 – 이를테면 눈을 떴을 때의 풍경과 식탁의 맞은편이라거나 – 둘이서 잘 헤쳐 나가고 있구나 하는 생각에 자부심 같은 게 느껴지네요.

연애가 점이었다면 결혼은 선과 같은 느낌이에요.

내가 당신의 기대치의 반만큼은 하고 있는지 모르겠지만, 당신은 늘 그래 왔듯 내 예상치보다 훨씬 높은 곳에서 아내의 역할을 하고 있다고 생각해요.

미모야 여전하고, 요리와 생활력 그리고 인간적인 유대 관계까지. 생각한 것보다 당신이 더 많은 걸 가지고 있구나 하는 느낌이에요.

반딧불이처럼 반짝이는 결혼반지가 가리키는 방향으로, 빨리 당신이 있는 집으로 돌아가고 싶다.

이 계절이 지나면 또 한번 여행을 떠나요.

당신에게

아껴 두었던 모네의 엽서가 드디어 주인을 만나게 되네
요. 이 작은 엽서가 그동안 당신을 기다렸던 걸까요, 나는
그동안 당신을 기다렸던 걸까요.

몇 장의 쪽지를 제외하곤 처음 써 보는 편지라 글씨에 떨
림이 묻어나는 듯하네요.

아직 카메라의 네모난 프레임 속에서는 어색하지만, 우리
는 서로의 세계 안에 조심스럽게, 그렇지만 거침없이 들
어선 기분이 들어요. 그 어떤 변수도 그 속에서는 종속할
수밖에 없을 테지요.

우리는 쉽게 만났지만, 먼 길을 돌고 돌아 한 걸음 성큼,
다가섰지요.

"잘 지내나요?"

처음 건넨 말에 당신은 고맙다고 했지만, 그것은 아마도 우연과 운명의 사이쯤에 존재하는 무언가의 힘이 아니었을까? 우리를 둘러싼 수많은 끈들 중 유독 마음에 들어 조심스레 당겨 본.

생일 축하해요. 태어나 줘서 고맙다는 상투적인 말 대신 무슨 이야기를 할 수 있을까 한참을 고민했어요.

지난 세월 동안 착하게, 예쁘게 생을 살아오며 이 세계를 따뜻하게 해 주어 고마워요. 그리고, 지난 연애 동안 나의 세계에 봄을 데리고 와 준 것 또한.

그런 말을 한 적이 있었죠, 당신 손을 잡으면 모든 것이 좋아질 거란 약간의 확신이 든다고.

그때는 몰랐는데, 시간이 지난 지금에서야 그때 그 말을 이따금씩 뒤돌아봐요.

그리곤 생각하지요, 어떤 형태의 삶이라도 이 사람의 손을 잡으면, 손을 잡고 나란히 걸어간다면 모든 것이 좋아지지 않을까.

내가 말보다 글이 훨씬 더 느린 것은, 아마 비겁해서일 거예요. 훗날 내가 한 말과 다른 행동을 하게 될까 봐, 그때와 다른 마음으로 서게 될까 봐 겁이 나서, 머릿속 기억보다 또렷한 종이 위 글씨에 마음을 담는 것이 어려워요.

행간을 가만히 만져 볼래요?

그 속에서 달콤한 말들을, 당신이라는 심연에 다가서는
나의 마음을 만날지도 몰라요.

당신의 당신